初戀

first love

晨羽
著

contents

PART

one

那年花季

賴阿姨好。

賴甄苓的車子抵達學校時，那名拄著一支拐杖的男孩獨自站在校門口等候，她看見他用微笑的嘴型對車裡的她說了這句話。

當她鬆開安全帶，準備下車，男孩卻做出制止的手勢，隨後自己開啟後座車門，把拐杖擺進去放好，再坐上副駕駛座，完全不打算讓她協助。

「阿姨可以幫你的。」她看著他將安全帶繫好。

「沒關係啦，這點程度的事我還能做。占用賴阿姨的時間，我已經很過意不去，不好意思再麻煩妳。」他的態度沉著有禮。

「你太客氣了，家峯已經先去補習班了嗎？我以為他今天也會陪你一起等。」

「他原本要這麼做，但我怕耽誤到他吃晚餐的時間，就讓他先走了。」

賴甄苓脣角上揚，「謝謝你為那孩子著想，那我們也走吧。」她踩下油門，載著男孩離開這片街區。

上週五晚上，賴甄苓的十七歲兒子陳家峯，忽然開口拜託她一件事。

他班上的一個男同學出車禍，右腳骨折，行動不便，對方的家長工作忙碌，白天能載兒子上學，卻無法接他放學，因此陳家峯希望賴甄苓能在接下來的兩週，幫忙開車送這位同學回家。

「他們家的情況，沒辦法讓他在這段期間搭乘計程車回家嗎？」這是賴甄苓的第一個反應。

「這個……算是吧。」陳家峯的臉微微泛紅，眼神閃爍，合掌哀求，「媽，妳就當做善事，幫幫我朋友，只要妳答應，妳要我做什麼我都答應，包括上次我跟妳說的那支智慧型手錶，我也可以不要。」

見兒子為了幫助朋友，竟對自己這般低聲下氣，甚至連朝思暮想的新型智慧手錶都願意放棄，賴甄苓意外之餘，也對他的這位朋友產生好奇，最後她答應了兒子的請求。

週一那日，賴甄苓在薄暮時分開車前往學校，遠遠就看見兒子和一名右腳打著石膏的男同學，站在校門口聊得熱絡。

這名男學生身型高瘦，濃眉大眼，有著好看的陽光笑容，感覺是個性格開朗的男孩。

車子停好，陳家峯手腳俐落地幫好友開啟副駕駛座的車門，並將座位調寬，確保對方得以坐得舒適後，自己拿著對方的書包跟拐杖坐在後座。

賴甄苓安靜看著這一幕，視線一轉，就對上男孩黠亮的眼眸。

「賴阿姨好，謝謝妳跟家峯願意送我一程。」男孩語氣恭敬，模樣靦腆乖巧。

她回以親切的笑容，「別這麼說，同學間互相幫忙是應該的，但我還不知道你叫什麼名字。」

「媽，他叫吳曜銓啦。」陳家峯搶先替好友回答。

「吳曜銓？」

「對，是這個吳曜銓。」男孩主動拉起自己身上的制服外套，讓她看清楚繡在左胸口的名字。

賴甄苓在這三個字裡怔忡幾秒，聽見後方車輛按喇叭，她才收回視線，將車子駛離。

吳曜銓的家與他們家並不順路，加上適逢下班的尖峰時間，因此賴甄苓花了快四十分鐘才抵達他居住的社區大樓；但由於男孩十分健談，對賴甄苓有問必答，因此這一路上車上氣氛倒也不見冷場。

從陳家峯手中接過書包跟拐杖，吳曜銓再向兩人慎重道謝，就轉身步入大樓。

回程路上，坐回副駕駛座的陳家峯開口抱怨：「媽，明天妳送吳曜銓的時候，不要再向他問東問西了。」

「我哪有問東問西？我只是在跟他聊天，也沒問到什麼不恰當的問題，而且我若什麼都不問，我要怎麼跟他對話？難不成你要我一路沉默？那豈不是很尷尬？」

「我知道，我的意思是，妳不用問他我在學校過得如何？這又沒什麼好問的。」他悶聲嘀咕。

「奇怪，做媽媽的關心兒子很正常吧？難道你在學校有什麼事不能讓我知道？」

「當、當然沒有，反正妳別再跟他聊這些就對了，妳這樣問他，會讓我覺得很沒面子。」他滿臉彆扭。

「知道了，不問就是了。」賴甄苓啼笑皆非，話鋒一轉，「你同學的家長，知道接下來的兩週，是我送他們兒子回去嗎？」

「喔，知道啊，但吳曜銓的爸媽這段時間都很忙碌，所以沒辦法打給妳。」

「這樣啊。」她目視前方，「你們是怎麼成為朋友的？」

「就……他主動來找我聊天，我們有不少共通點，所以聊得挺投緣。」他回得簡略。

「比如呢？」

「比如……我們都喜歡看NBA、會玩同一款遊戲，特別愛漫威系列的電影。」他認真地絞盡腦汁細數，「還有，他的媽媽跟老爸一樣，目前都住在國外。」

「是喔？也是為了工作？」

「對。」

「原來如此。」賴甄芩看他一眼，發現他已經在低頭滑手機，「說到這個，你爸最近有跟你聯絡嗎？」

「有啊，爸昨天才傳訊息給我，說很快會回來看我們，叫我好好讀書，好好照顧身體，還要多聽妳的話。」

她輕哂，伸手摸摸他的頭，「肚子餓了吧？晚餐想吃什麼？」

「我想吃牛排。不知道為什麼，我今天上課一直想到熱騰騰的牛排，都快流口水了。」他抬起閃閃發亮的眼睛。

「好，就去吃吧。」

賴甄芩爽快同意，在兒子的歡呼聲中，直往牛排館駛去。

午夜十二點，賴甄苓端著一杯熱咖啡走進書房，開啟筆電的視訊通話，螢幕裡出現一張中年男人的面孔。

「妳在喝咖啡？現在還在工作？」對方問。

「被你發現了，截稿日在下個月，所以這幾天比較趕。」

「辛苦妳了，別常熬夜，妳年紀不小了，要照顧好自己的身體……」

「你確定要這樣子說話？我才四十二歲，跟你相比還非常年輕好嗎？」

男人笑了，「當然當然，而且妳的外表看起來更年輕。我明白妳很享受現在做的事，但還是要多加注意，妳的身體好不容易才調養回來的。」

「我知道，你也別忙壞了，我今天聽兒子說你很快會回來，什麼時候？」

「預計兩個月後，我想在兒子生日時回去看他，屆時要不要安排個小旅行？我們到風景漂亮的地方度個假。」

「好，你回來的時間確定後再跟我說，我先做安排。」

繼續閒聊幾句，她和丈夫就結束通話，很快又有人來電，這次出現在電腦裡的是打扮亮麗的女人。

「結果究竟是什麼事？」她劈頭就問。

「妳在說什麼？」賴甄苓不明所以。

「妳不是傳訊息給我，說妳遇到令妳哭笑不得的事？後來就一直沒回應。」

「喔，對。」她扶額，懶洋洋靠著椅背，「我在說我兒子啦，今天我傳完訊息給妳，就跑去忙家事跟工作，一不小心便忘了。」

「妳兒子怎麼了？他闖禍了？」

「不是。」

賴甄苓將兒子拜託她的事分享給對方，女人聽完後，敏銳地察覺到了什麼，「妳懷疑妳兒子有事瞞妳？」

「不是懷疑，是很確定。」儘管知道兒子已經在房間裡熟睡，她仍下意識放低音量，「明明身邊有那樣重要的朋友，之前卻一次也沒聽他提過；還有，他說他朋友家的狀況，不方便讓他連續兩週都搭乘計程車回家，所以我以為那孩子家境不好，但今天我卻發現那孩子住在地段相當好的大樓裡，這證明對方家長經濟能力其實不錯，不至於連這點交通費都付不起。最重要的是，明知接下來是由我接送寶貝兒子回去，身為家長，竟連一句問候也沒有。今天我跟那孩子聊天，得知他父親是高中補教界的名師，有這樣的身分，連這點道理都不懂，實在不合理。」

「嗯，的確不太合理，那妳認為真正的情況是如何？」

「我認為那孩子的父親可能根本不曉得是我送他兒子回去，若真是如此，我就得了解背後的原因了，明知孩子行動不便，卻不肯讓他坐車回家，讓人覺得頗為蹊蹺。」

「妳幹麼不直接去問妳兒子？」

「唉，妳又不是知道家峯的脾氣，他若真不想說，硬逼他只會造成反效果。今天看他們的互動，我感覺家峯對這個朋友相當重視，所以我決定不打草驚蛇，私下問對方看看。」

「這樣也好。不過，家峯怎麼還是這麼不會說謊？他這樣以後會很辛苦喔。」

「妳說得對，這就是讓我哭笑不得的地方，妳知道我看著他這樣睜眼說瞎話，心裡有多無奈嗎？要說謊，連個草稿都不打，不曉得究竟是懶還是糊塗，害我更加掛心，真不知道到底是像誰？」

「不就像妳嗎？妳難道忘了，妳在妳兒子這個年紀，一樣不擅長說謊，光是心虛就會臉紅，別人要看不出來都難。」

「我哪有？」

「哪裡沒有？妳就承認吧，妳兒子會這麼好懂，百分之百就是像到妳。唉，這讓我想起高中時代的事了，尤其是妳那驚天動地的廣播告白……」

「喂，妳幹麼突然把那件事拿出來提？都多少年前的事了？」

賴甄苓掩面嚷嚷的同時，也在這段陳年舊事中想起一張模糊的深邃輪廓。

「欸，我跟妳說，家峯的那位朋友，名字叫吳曜銓，與那人同名同姓。」

女人面露訝異，「真的假的？」

「真的，我今天發現時也很意外，沒想到家峯的好朋友會是叫這個名字。」

「哈哈，你們真不愧是母子，都在高中時遇到名叫吳曜銓的人。」

女人笑得開懷，接著旁邊傳來年輕女孩的呼喊聲，她匆匆說：「甄苓，先不聊了，我跟我女兒現在要出門，之後再打給妳，妳別太晚睡。」

「好，替我跟小安問好，出門小心。」

關閉視訊通話，賴甄苓放下咖啡杯，慢慢伸展四肢，準備繼續工作。

然而，十分鐘過去，她發現自己仍無法進入狀況，直接打開搜尋網站，快速輸入幾個字後敲下Enter鍵，螢幕上轉瞬間出現各種繽紛美麗的櫻花照。

點開一張又一張的櫻花樹照片，賴甄苓的目光停留在那如夢似幻的粉色世界足足五分鐘，才關掉網頁。她一口氣喝光咖啡，坐挺身子，重新讓自己專注在工作裡。

隔天，她在同樣的時間，到學校接走那個男孩。

正打算趁著兒子不在，向他探問些什麼，沒想到對方先發話了。

「賴阿姨，我聽陳家峯說妳是作家，妳是寫哪種類型的書？」

「我寫兒童文學，但目前只出版一本作品，稱不上是什麼作家啦。」她莞爾。

「賴阿姨真謙虛，我覺得有一本就非常厲害了，那妳的筆名是什麼呢？」

「我沒取筆名，直接用本名。」

「是喔？那就好找了，過兩天我就去買，再請妳幫我簽名。」

「不用啦，你想要的話，我可以直接送你，但我寫的書是給小朋友讀的，你會有興趣嗎？」

「我有兩個還在念小學的表妹，她們挺喜歡閱讀，我可以送給她們。雖然賴阿姨願意送我書，但我還是決定自己買，這樣才能表達我的支持嘛。」吳曜銓笑容可掬。

「嗚，真是謝謝你，阿姨感動得快哭了。」她做出拭淚的動作。

「這也是為了感謝賴阿姨對我的幫忙，可以跟表妹們炫耀作者的兒子是我同學，我覺得超榮幸。」他順著話題繼續問下去，「賴阿姨很早就開始寫作了嗎？」

「我國中時就喜歡寫寫故事，特別是給小朋友看的，結果被朋友說我很奇怪，因為那個年紀的女孩，大都愛看言情小說，我卻偏偏愛寫這種給小孩看的兒童小說，但我也不是只會寫這個，我還很會幫朋友寫情書喔。只是上高中後課業變重，加上父母阻止，我就變得很少寫了，大學畢業後更是成天忙於工作，完全沒再動過寫作的念頭。一直到兩年前，我才決定重新提筆創作，並以此為業。」

「為什麼直到兩年前才重新開始？」他好奇。

「因為三年前我生了一場大病，不得不結束做了十幾年的工作。專心做治療的那段時間，我忽然想做些真正想做的事，寫作的欲望也因此回來了。我有朋友認識專做童書的出版社編輯，對方給了我機會，我才得以實現昔日的夢想。」

「我能問賴阿姨之前是生什麼病嗎？聽起來好像很嚴重。」

「喔，我因為過勞，長時間精神不濟，某天直接從高鐵站的樓梯間摔了下去！結果這一摔，讓醫師檢查出我體內有惡性腫瘤，所幸化療進行得很順利，現在我的身體已經恢復得差不多。」她對他莞爾一笑，「是不是很戲劇化？」

「真的好戲劇化，簡直跟電影裡演的一樣。賴阿姨能康復起來真是太好了，治療的那段時間妳一定很辛苦吧？」他由衷道。

「是呀，但我得到很多人的幫助跟支持，其中家峯給我的力量最大。看到他因為害怕失去我，躲起來偷偷哭泣的樣子，我心裡很不捨，下定決心一定要為他加油，從今往後也要比過去更常陪伴他。」

言及此，她對男孩眨眨眼睛，「你不要告訴家峯，我跟你說他躲起來哭泣的事喲，他會發脾氣，那小子最愛面子了。」

「沒問題，我不會告訴他。」他笑著頷首。

賴甄芩意識到，現在或許就是向男孩開口的好時機。

「吳同學，那個……」

「賴阿姨，妳可以直接叫我吳曜銓沒關係啦。」他毫不掩飾地望進她眼中。

她愣了一下，然後頷首，「好，其實賴阿姨有件事想問你，你的父親知道是我送你回家的嗎？」

吳曜銓停頓，不答反問，「陳家峯沒跟妳說嗎？」

「他有說，但坦白講，我覺得他沒有對我說實話。」

聽完她舉出的不合理之處，男孩的笑容也完全消失，不再直視她的眼睛。

「賴阿姨，對不起。」他低下頭，聲音悶悶的，「其實我會受傷，是因為我瞞著我爸，半夜和朋友騎機車出去，結果摔車。我爸為了懲罰我，只給我吃飯的錢，不給我搭計程車的費用，要我這兩週自己想辦法回家。陳家峯原本要借我錢，我拒絕了，沒想到上週六他告訴我，說妳願意送我回家，但不能讓妳知道我出車禍的真相。至今我爸還不知道是我同學的母親伸出援手，以為我都是搭公車回去，我爸很不喜歡欠別人人情，知道我這樣麻煩他人，只會更生氣。」

語落，男孩接著幫朋友求情，「陳家峯他只是不忍見到我腳受傷，還要跟大家一起擠公車，才會這樣騙妳。如果賴阿姨生氣了，決定明天不再來接我，那也沒關係，所以請妳原諒陳家峯好嗎？」

「我沒生氣，也不會因為這樣就不再來接你，我反而要謝謝你跟我說實話。」賴甄苓溫聲回。

男孩半信半疑，「妳真的不生氣嗎？」

「嗯，聽完你的說明後，我就明白家峯會對我隱瞞這些內情，大概是因為在乎我對你的觀感，這也表示他很看重你這個朋友，見他這樣費盡心思幫助你，我心裡只有感動和欣賞，不會生你們的生氣。」

男孩沉默一會後說：「賴阿姨好特別。」

「特別？為什麼？」

「因為我是第一次聽到有父母會說欣賞自己的小孩。」

聞言，賴甄芩轉眸望向男孩，發現他看著前方若有所思，再度開口時，臉上又換回開朗的表情，「賴阿姨，謝謝妳的包容，雖然這麼做不太應該，但妳若是想知道陳家峯在學校的任何事，我可以偷偷告訴妳，作為報答。」

「呵呵，是嗎？但我臨時也想不出要問什麼……不然就問家峯在學校有沒有暗戀的同學好了。」

「有喔。」他不假思索。

只是隨口問問，沒想到會聽見出乎意料的答案，賴甄苓吃驚地確認：「真的嗎？」

「嗯，是我們隔壁班的女生，綽號叫小明。」

他從外套口袋裡拿出手機，找出一個女學生的Instagram給她看。

壓不住好奇心，賴甄苓趁著紅燈的時間，瀏覽起這位名叫小明的女生照片，對方有頭烏黑的長髮、皮膚白皙，五官清秀美麗。

她讚嘆：「這女孩真漂亮，難怪追蹤人數有三千。她叫小明是嗎？是怎樣的女孩？」

「她成績很好，人緣也不錯，除此之外我不怎麼清楚，我跟她不太熟。」

「那她一定有很多人追求吧？她知道家峯喜歡她嗎？」

「我想她知道，因為陳家峯告訴我，他曾經在走廊上掉過東西，是小明幫他撿起來。只是跟小明對視，陳家峯就緊張得滿臉通紅，直接落跑了，還因為跑得太急，差點在對方面前摔跤。那麼明顯的反應，小明要看不出來還比較困難吧？」

賴甄苓不可抑止地放聲大笑，「我的天吶，那後來呢？」

「沒有後來了，陳家峯至今還覺得很丟臉，別說找機會接觸小明，他只要看到人就會躲得遠遠的。」

「這孩子真是沒用。我曾問他在學校有沒有喜歡的女生，他的反應就跟被踩到尾巴的貓咪一樣誇張，原來曾經發生過這樣的事。」賴甄苓用指尖擦去眼角笑到泛出的淚，把手機還給男孩，「謝謝你跟我分享這個祕密，我好久沒笑得這麼暢快，我們今天的對話就跟家峯保密吧，不然他鐵定氣到好幾週不跟我們說話。」

「沒問題。」吳曜銓頷首，好奇問：「妳會希望陳家峯跟小明交往嗎？」

「如果家峯能跟這麼優秀可愛的女孩交往，我當然很高興，但以他這樣的個性，要順利追到人家，我看太難了！所以我不抱期待，就讓小明被其他更勇敢的男孩子追走吧。」

「真的？要是陳家峯因此傷心難過，妳也無所謂嗎？」

「那也沒辦法，連一次主動爭取都沒有過的人，怎麼可能成功？要是他真的因此傷心失落，我才不會安慰他，還會取笑他一番。」

男孩又露出不可思議的表情，最後笑了，「賴阿姨果然很特別。」

兩人愉快聊著聊著，不知不覺就抵達男孩的家。

目送男孩走進大樓，賴甄苓也開車回去，行駛十分鐘後，她注意到隔壁座位下方有一樣沒看過的東西，拾起一瞧，發現似乎是男孩住家的門卡。

擔心男孩會因為遺失門卡而回不了家，賴甄苓馬上將車開回去，果不其然，她一回到大樓附近，就看見背著書包的吳曜銓坐在大樓外圍的階梯上，卻也發現他的身邊坐著一名同校的女孩子。

女孩依偎在吳曜銓身上，兩人的手牽著，在看清女孩的五官後，賴甄苓心下愕然，因為竟然是那個名叫小明的漂亮女孩。

這對少年少女的身影，讓她一時半刻移不開目光，遺落在腦海深處的記憶在此時逐漸鮮明了起來。

✦✦✦

每個人的青春總會有幾件荒誕不羈的黑歷史。

這是賴甄苓十六歲時的想法，也是心中的盼望。

只有這麼安慰自己，她才能擺脫那場烏龍告白帶給她的巨大陰影。

賴甄苓不知道這一切是怎麼發生的。

那天，她只是和平常一樣，在教室裡吃午餐，漫不經心聽著校園廣播，看看今天的廣播會分享哪位學生投稿的心情故事。然後她就聽見自己的名字和班級，被廣播主持人清清楚楚播報出來，接下來的內容，是「她」對某個男孩的深情告白。

她的表白對象，是高二學長李廷敘，對方憑藉著俊俏的外表和優秀的運動細胞得到女孩子青睞，偶爾會聽見幾個女生透過中午的校園廣播向他表達戀慕之情。

此時此刻，主持人以賴甄苓的身分，用飽含情感的悅耳嗓音說出的每一個字句，都讓賴甄苓渾身發冷，腦袋發漲，全班同學對她發出的熱烈鼓噪聲，更像是遠在天邊，是那麼不真實。

賴甄苓丟下午餐衝出教室，最後闖進位於另一棟大樓的廣播室，一看見廣播社的學姊坐在麥克風前，手裡還拿著一封白色的信紙，她驚慌失措地上前奪過，大喊：「停下來，這個告白的人不是我！」

廣播員學姊和現場的另一位學長被她嚇得傻住，學長打量她的臉，很快反應過來，「妳是賴甄苓嗎？」

「對。」

「告白的人不是妳，這是什麼意思？這封投稿信不是妳寫的嗎？」學姊表情既驚訝又困惑。

賴甄苓滿臉通紅，結巴辯解：「是、是我寫的沒錯，但這是別人讓我寫的，對方竄改信的內容，把我的名字填了上去，信也不是我投稿的。」

學長姊眼中流露出的不信任，讓她更加激動，大聲地脫口而出：「我是說真的，因為我喜歡的人不是李廷敘，而是李廷敘的好朋友，所以這真的是一場誤會！」

見賴甄苓氣到哭起來，學姊才連忙關掉廣播器麥克風，和同伴一起安撫她的情緒。離開廣播室後，賴甄苓接著跑到一年級的某間教室，準備找罪魁禍首理論，對方卻像是躲了起來，沒有出現在教室裡。

賴甄苓沒就此放過對方，午休結束後，她順利逮到了人，把對方抓出去質問。

「何曉芊，這是怎麼回事？信的內容為什麼會變成那樣？」

「對不起啦，甄苓，我只是在跟妳鬧著玩，我沒有惡意。」

何曉芊嘴上撒嬌道歉，卻一副嬉皮笑臉的樣子，好似根本沒意識到自己闖下大禍。

她氣急敗壞，「什麼鬧著玩？平常妳亂開玩笑，我都不跟妳計較，但這次未免太過分了吧？是妳說妳也想投稿午間廣播跟李廷敘告白，擔心內容寫得不好，我才幫妳的，結果妳竟恩將仇報，害我變成全校的笑柄，妳這叫沒惡意？妳到底為什麼要這樣啊？」

「哎唷，哪有這麼嚴重？我真的只是單純開個小玩笑，我哪知道廣播社的人真的會把妳的名字唸出來，更沒想到妳會直接跑去廣播室自爆，所以真正把妳的祕密抖出來的人又不是我……話說回來，妳也很過分耶，有喜歡的對象，居然隱瞞我到現在，妳根本沒有把我當朋友吧？」她大言不慚道。

賴甄苓不敢相信，何曉芊非但毫無反省，竟還反過來責怪她，認清好友的真面目後，兩人從國中牽起的友誼也蕩然無存，心灰意冷的賴甄苓當場跟對方絕交。

原以為被多年好友出賣，並在全校同學面前丟盡顏面，就已經夠悲慘了，沒想到這起廣播告白引發的後續災難還不僅如此。

賴甄苓的表姊鍾瑩，是李廷敘的隔壁班同學，她在下課時間把表妹找出去弄清楚情況，得知是一場烏龍後，納悶問：「所以妳喜歡的人是吳曜銓？」

「什麼？」她傻住，沒馬上反應過來。

「妳不是在廣播中宣稱妳喜歡的是李廷敘的好朋友？李廷敘在學校最親近的朋友就是吳曜銓，所以他們班的人都在傳妳喜歡的人就是他。」

賴甄苓大驚否認：「才沒有，我沒有喜歡他，而且我根本就沒有喜歡的對象！」

鍾瑩訝異，「那妳今天幹麼要那麼說啊？」

「我、我也不知道自己哪根筋不對，當我發現廣播社的人似乎不相信我說的話，我就衝動地脫口而出了，但我也不曉得我為什麼要那麼說，真的！」

「可是妳現在的臉超紅，代表妳心虛齁，妳確定沒騙我嗎？」鍾瑩笑得曖昧。

「我情緒激動跟緊張的時候也會臉紅啊。我已經夠倒楣了，妳還跟著大家嘲笑我，不信就算了！」賴甄苓委屈得哽咽，用力轉過身去，不再理她。

「好好好，不要哭，我相信妳啦，我也會幫妳跟李廷敘解釋。」

「真的嗎？」

「當然，交給我吧。但坦白說，我覺得妳目前就先假裝有心儀的對象會比較好，畢竟那封情書確實是妳寫的，即使妳不斷澄清是遭人陷害，聽在其他人耳裡，恐怕也只是欲蓋彌彰，越描越黑，就跟廣播社那些人的反應一樣。所以妳不如就裝作真有這一回事，大家就不會把焦點繼續放在妳跟李廷敘身上。」

「可是現在大家就變得懷疑我喜歡吳曜銓了啊。」她哭喪著臉。

「那又怎樣？妳別承認就行了，真有人追問，妳就回答李廷敘的好朋友這麼多，誰說對方一定是吳曜銓？只要妳表現得滿不在乎，其他人自然就不會當一回事，謠言也會很快就過去了。」

鍾瑩這話說得輕巧簡單，對賴甄苓來說卻是難以跨越的障礙，要她完全不去在乎旁人的眼光，實在太困難了。

當了一下午的話題人物，賴甄苓深知這一天的煉獄還沒結束。

放學後在公車站等車，她就感覺到無數道目光朝自己投來，最後她拿出書包裡的耳機戴上，用宏亮的音樂聲沖淡那些嘲笑的耳語。

隔絕了聲音，卻無法遮蔽眼睛，三分鐘後，兩名高二男生走進她的視線，其中一個五官深邃的高眺男孩，還跟她對上了視線。

儘管賴甄苓迅速將視線挪回前方，她仍肯定對方看見他了，臉頰溫度瞬間上升，抓著書包帶的手也開始冒汗。

二年級的男生明明這麼多，偏偏吳曜銓是李廷敘最好的朋友，還每天跟賴甄苓搭同一班車上下學。

這天搭上公車，吳曜銓就站在她後方不遠，賴甄苓從頭到尾沒有回頭，像個木頭人直勾勾盯著前方不動，繼續讓音樂占據所有聽覺，直到過了吳曜銓下車的站，她才終於能喘口氣，不再那麼僵硬緊張。

翌日在學校，班上女生果然沒放過她，不斷問她是不是喜歡吳曜銓，賴甄苓不堪其擾，中午甚至跑去別的地方用餐，就為了躲避她們的追問。雖然吳曜銓沒有李廷敘那麼受歡迎，但光憑李廷敘「最好的朋友」這一點，就已經為他加不少分，加上他的長相算中上、長得又高，還會彈吉他，據說個性也不錯，因此欣賞他的女孩同樣不在少數。

一下子招惹到兩個知名度高的學長，賴甄苓唯一能做的就是低調再低調，讓時間平息一切。然而，她怎樣也沒料到，真正的毀滅性災難還在後頭。

這天她再次跟吳曜銓搭同班車回家，途中突然碰上衝到馬路中央的野狗，司機緊急剎車，低頭專注聽音樂的賴甄苓一時沒站穩，當場重重跌跪在地，發出巨大聲響，引來許多人的側目。

狼狽的賴甄苓強忍住膝蓋傳來的劇痛，急著要站起，一股再熟悉不過的溫熱，卻在這時自下體緩緩流出，令她當下晴天霹靂，臉色慘白。

不會吧？

她的生理期來了？

明明還有一週後才會到，為什麼偏偏在這個時候提前來？陷入慌亂的賴甄苓，一度無法動彈，眾人見她仍跪坐在地，也開始有了納悶的聲音。

一名低沉溫和的男聲，這時從她耳邊響起：「學妹，妳還好嗎？」

賴甄苓抬頭，就對上吳曜銓深邃純淨的眼睛。

對方親切問她：「妳站得起來嗎？需不需要我扶妳？」

他的關心讓賴甄苓面紅耳赤，雙手跟嘴唇微微顫抖，周遭的細微笑聲讓她紅了眼眶，一度快哭出來。

吳曜銓聽見那群學生的笑聲後，竟扭頭對他們兇了一頓：「看到別人跌倒受傷，真的有那麼好笑嗎？有沒有同理心？」

就在他們被嚇得噤聲，吳曜銓也立刻大聲請司機在下一站停車，然後把身上的運動外套借給賴甄苓，輕聲要她繫在腰上，說要帶她下車；等到公車一停，他就小心翼翼扶起她，帶她走下公車。

吳曜銓讓司機停在一座公園前，公園裡有公共廁所，賴甄苓在裡頭清理時，眼淚撲簌簌地掉下來，排山倒海的羞恥感讓她忍不住哭了出來，連想死的心情都有了。

她不明白自己到底做錯什麼？為什麼老天要一直讓她遇到這些災難？今後她該如何面對同車的那群人？又該如何面對吳曜銓？她多希望明天就是世界末日，這樣她就不必再面對這些丟臉的事了。

當她平復情緒，走出洗手間，已經過了十五分鐘。看見等在外面的吳曜銓，才赫然想起他還未離開，當場又羞紅了臉。

看到賴甄苓哭腫的眼睛，吳曜銓頓了一下，接著把目光放在她破皮泛紅的雙膝上，溫聲問她：「腳會痛嗎？還能走到馬路那裡嗎？」

「可以。」她話聲沙啞，沒有辦法直視他的眼睛。

「好，我剛剛幫妳叫了一台計程車，已經停在路邊，妳趕快回家擦藥，不然傷口被感染就不好了。」

賴甄苓當下愕然，沒想到吳曜銓竟幫她到這個地步。

上計程車前，她發現吳曜銓的外套還在身上，連忙要歸還，對方卻阻止了她，說之後再還就好，接著便催促她上車，目送她離去。

回到家後，她準備拿錢給司機，才知道吳曜銓居然已經幫她支付了車費。

晚上，賴甄苓在房間裡看著貼著敷料的膝蓋許久，最後抓起軟綿綿的枕頭，用力將臉埋了進去。

雖然這天發生的事，讓她恨不得挖個地洞把自己永遠埋起來，但一想到在最惶恐無助的那個時候，只有吳曜銓對她伸出援手，甚至替她教訓那些幸災樂禍的人，她的內心就湧起一股難以言喻的感受。

她也後知後覺意識到，吳曜銓之所以堅持借她外套，很可能是當時他在公車上，就已經看出她無法站起來的真正原因，而她到洗手間後，才確定是虛驚一場，只有一點經血染到內褲上，其他地方都沒有痕跡。那他究竟是如何知道的？莫非只是看見她那時的反應，他就猜出來了？

不管真相為何，吳曜銓確實從這場災難中解救了她，但她竟連一句感謝的話都沒跟對方說。

明知這麼做很不應該，可是這兩天她所經歷的，已讓她心力交瘁，更沒勇氣再面對吳曜銓，因此她聯絡了鍾瑩，跟她說明事情的經過，隔天搭上比平常早一班的公車去學校，在早自習結束後，把裝著那件運動外套的袋子交給鍾瑩。

「外套已經洗乾淨，計程車的錢也在袋子裡，請妳幫我還給吳曜銓，還有一定要替我向他道謝喔。」

「好，就算妳不說，我也會這麼做，我真的很感謝他幫妳這麼大的忙。」鍾瑩抱抱她，眼神充滿同情跟心疼，「其實妳沒必要這樣躲著吳曜銓，我相信他不會把那個謠言放在心上。不過，我也能理解妳現在不想見到他的心情，這兩天妳真的夠折騰了，妳想怎麼做就怎麼做吧，今天放學我們一起走，我帶妳去吃好吃的東西。」

決定迴避對方後，接下來的兩天，賴甄芩都沒再見到吳曜銓。

下午在學校圖書館，有人在她肩上輕點兩下，發現是李廷敘時，她嚇得差點沒拿穩手中的書。

對方突然噗哧一笑的反應，更讓她又驚又愕，見她眼中有受傷的情緒，李廷敘連忙道歉，輕聲請她跟他到館外一趟。

到了館外，李廷敘用正常的音量向她解釋：「學妹，抱歉，我不是故意在嘲笑妳，我只是曾聽說妳很容易臉紅，結果剛剛看到妳的臉在一瞬間紅成那樣，我才會不小心……」

李廷敘的回應讓她無地自容，更不敢從旁邊的玻璃門看自己現在的表情，她很快猜出，「是我表姊跟妳說的嗎？」

「對，鍾瑩之前找我解釋過了，她向我證實妳是遭人陷害，還說以妳的個性，根本不可能會把自己的名字寫進那封投稿的信裡。我也曾經被自己的好朋友陷害過，所以我非常懂妳的心情，妳一定很不好受，委屈妳了。」

賴甄苓沒想到李廷敘會對她說這樣的話，正覺得有些感動，就聽他接著問：「不過學妹，我可不可以問妳一個問題？妳喜歡的人真的是我朋友？那個人是吳曜銓嗎？」

「不是，不是他！」她反射性否認。

「那妳能不能告訴我是誰？我只是單純想知道，我保證不說出去。」

賴甄苓不知道該不該老實告訴對方，那只是她不經過大腦衝口而出的話，其實根本沒這一回事，但她不確定李廷敘會不會認為她在狡辯，也不確定若她隨便講出一個人，他會不會真的幫忙保密。

天人交戰後，她認為鍾瑩給的建議還是最安全，於是回答：「對不起，我不想說。」

李廷敘態度爽快，「沒關係，我沒有要勉強妳的意思。不過，妳會想要我替妳跟吳曜銓澄清嗎？如果妳希望，我可以幫妳。妳表姊說，這次的事讓妳變得不好意思面對我們，我還聽說妳最近都沒出現在妳平常跟吳曜銓搭的那班公車上。其實妳根本不用這麼介意，那些無聊的謠言很快就會過去，我跟吳曜銓也都沒有放在心上，所以妳就對我們自在點，好嗎？」

「好，謝謝你。」

隨他的話安心下來時，賴甄苓有點想哭，同時忍不住問：「你怎麼知道我最近都沒搭平常的那班公車，也是我表姊告訴你的嗎？」

「是啊，但實際上是我今早看見吳曜銓向鍾瑩問了妳的事，我才會知道的。吳曜銓好像看出妳在躲著他，有點擔心妳吧，剛剛我在這裡見到妳，就決定跟妳聊聊，希望妳不要真的因為那天的廣播，就對吳曜銓心生愧疚，那傢伙並不覺得妳給他造成困擾，反而和我一樣很同情妳的處境。」

聽到這裡，賴甄苓不免意外，李廷敘的說詞，聽起來不像是知曉吳曜銓那天在公車上幫了她的事，她以為吳曜銓一定會跟他說。

當時吳曜銓會對她伸出援手，或許就是出於同情吧，但她不在乎，因為不管怎麼說，他都是解救過她的人，加上李廷敘這一席話，她連日糾結的心情釋懷許多，甚至還會對吳曜銓特地向鍾瑩關心她的舉動，而感到心暖暖的。

她對李廷敘輕語：「我明白了，我不會再躲他，學長你也不用特地幫我向他澄清那個謠言了，因為現在再去跟他解釋，好像也怪怪的，既然他不在意，那就沒關係。這次因為我而鬧出的風波，就請你們忘記吧，真的很不好意思。」

「不會啦，妳才是整件事的受害者，更沒做錯什麼。只是老實說，要我完全忘記恐怕有點難，因為這是我第一次聽到這麼精彩的廣播，印象實在太深刻，感覺過了十幾年，我都還會記得這件事。」

她臉上的表情，讓李廷敘笑瞇了眼睛，「開玩笑的，雖然對妳來說，這是一段糟糕到不行的回憶，但相信妳以後也會笑著回顧這件事的，所以別太在意。那就這樣，我不打擾妳借書了，掰掰。」他向她揮手，就轉身離開圖書館大樓。

放學後，賴甄苓不再故意搭下一班公車回家。

然而直到搭上車，她都沒看見吳曜銓出現，隨後才想起今天是星期五，平常這個時間，吳曜銓似乎會參加社團活動，不會搭上這班車。

生。

這種像是鬆口氣，卻又有點像是惋惜的心情，第一次在她心頭滋

晚上，賴甄苓和家人出門吃飯，吃飽後，父母想逛隔壁的店，她和弟弟沒興趣，兩人就到一間連鎖文具店裡看看。

逛到一半，弟弟走到他的身邊笑說：「姊，對面的騎樓下有兩個高中生在談情說愛，男生好像是妳學校的耶。」

當賴甄苓好奇地走到門前看了下，立刻就躲到門後，緊張望著對街那個穿著白襯衫黑長褲的男生。

僅憑側臉，她就認出對方是吳曜銓，他和一名穿著名校制服的短髮女生面對面站在一起，兩人的手輕輕牽著。吳曜銓低著頭不知道對她說了些什麼，接著就伸出另一隻手，溫柔地將她攬入臂彎之中。

他們深情相擁的這一幕，讓賴甄苓看得呆了，當弟弟過來叫她，她立刻抓著他回去找父母，沒有再看那二人一眼。

隔天，鍾瑩跟著母親來家裡作客，她跟賴甄苓在房間聊天時，笑著

提到她的兩個朋友，似乎受到那一天廣播告白的刺激，竟也下定決心要跟心儀的對象表白，而且其中一人的告白對象還是吳曜銓。

賴甄苓當下尷尬到不曉得該做出什麼表情，但聽見鍾瑩的朋友打算跟吳曜銓表白，她的心思很快就被這件事占據，忍不住張口探問：「如果吳曜銓有女朋友，她還要告白嗎？」

「當然不會，就是知道吳曜銓沒有女友，我朋友才決定試試看的，不過妳為什麼會這麼問？」

猶豫一陣後，她坦白說出昨天晚上看見的畫面。

鍾瑩半信半疑，「妳確定那個人真的是吳曜銓？」

「嗯，我很確定。」

「真奇怪，這是怎麼回事？但這讓我想到了，過去跟吳曜銓表白的那些女生，我聽說她們得到的回應，都只有簡單一句無法接受對方的心意，而不是他有喜歡的人，或是已經有女朋友。如果吳曜銓真的跟那個女生交往，為什麼不這麼說？除了不想讓別人知道對方的存在，應該沒別的原因吧？」

賴甄苓登時神經緊繃，抓住她的手，「姊，妳能保密嗎？也許吳曜銓真的不想讓別人知道這件事。我不想因為我的關係，又給他帶來更大的困擾了。」

鍾瑩認真答應了她，「好，我不會說出去。不過，為了我朋友，我還是想去確認這件事，畢竟她喜歡吳曜銓兩年了，我私心希望她能得到一點機會，所以我想偷偷向李廷敘打聽，妳認為如何？」

她遲疑一下，「但要是李廷敘也不曉得這件事，妳告訴他，不就等於穿幫了？」

「是沒錯，但老實說，我覺得李廷敘應該不會不知情，畢竟他是吳曜銓最好的朋友，應該不至於瞞他。而且就算他不知道，我相信他也不會把好友的祕密隨便告訴別人，所以妳擔心的事一定不會發生，我保證。」

賴甄苓被她說服了，頓時安心不少。

「那，假如李廷敘他知道，會輕易告訴你嗎？」

「說不定真的會唷，這幾天替妳傳話、還東西，我跟李廷敘及吳曜銓已經變得很熟啦，若只是偷偷探個口風，我想應該不會太難吧。」鍾瑩笑著說完，冷不防盯住她的眼睛，「妳會在意吳曜銓跟那個女生的關係嗎？」

她不小心結巴：「沒、沒有啊，為什麼這樣問我？」

「因為我在想，妳會不會因為這幾天發生的事，就開始對吳曜銓有了好感？若真變成這樣，我可就傷腦筋了，不知道到底該為我的好朋友加油，還是該為我可愛的表妹加油？」鍾瑩揉揉她柔嫩的臉蛋，鬧著她玩。

「才不會有這種事呢，妳想太多了！」她連忙反駁。

「齁，妳臉紅了，妳心虛。」

賴甄苓大聲澄清，「我是緊張，因為我害怕再被誤會，所以妳不要開這種玩笑了！」

「哈哈，好啦，不鬧妳了，不過妳若真的喜歡上吳曜銓，一定要告訴我喔。」

賴甄苓原本想再告訴她不會有這種事，但不知道為什麼，當下她的喉嚨卻像被什麼堵住，一個字都回不出。

星期一上學的途中，看見公車即將到達某站，賴甄苓不由得心情緊張。

背著吉他的吳曜銓一上車，很快就發現坐在後方的她，他的目光停頓三秒，最後對她微微一笑，後面的車程，他一路背對著她，始終沒有回頭。

到了學校後，賴甄苓看著吳曜銓先下了車，這才發現自己的視線一直沒有從他的身上離開過。

上午第三堂下課時間，鍾瑩突然來到班上找她。

鍾瑩說她已經向李廷敘詢問了那件事，李廷敘表示想盡快跟賴甄苓見面，於是請鍾瑩前來告訴她。

「為什麼他急著找我？是不是因為我隨便把吳曜銓的祕密告訴妳，所以他生氣了？」她惶惶不安。

「不是，他是有重要的事要當面拜託妳，中午我會跟妳一起去找他，所以妳不用擔心。」鍾瑩拍拍她的肩膀，要她別憂慮。

到了中午，她悄悄來到校園安靜無人的一角，鍾瑩跟李廷敘已經站在那裡等她。

李廷敘問她是否有將那晚看見的事告訴其他同學，賴甄芩強力否認，李廷敘露出鬆一口氣的表情。

「學妹，請妳繼續保密好嗎？這件事如果傳出去，恐怕會有麻煩。」

「你是說……吳學長會有麻煩？」

「不，是那個女生。」李廷敘搖頭，「其實她是吳曜銓的前女友，他們國中交往過，那女生家裡管得非常嚴格，當年他們交往的事一穿幫，馬上就被對方家長逼得分手，禁止他們再往來。但由於一些原因，吳曜銓有時還是會跟對方偷偷見面；麻煩的是，我們的學務主任跟那女生的爸爸很熟，也曉得他們以前的關係，如果吳曜銓跟某個名校女學生晚上在路邊約會的八卦，不小心傳進他耳裡，他很可能會猜出對方是誰，然後跟女生的爸爸通風報信，屆時不只那女生會遭殃，吳曜銓說不定也會被牽連。」

賴甄苓瞠目結舌，「學務主任真的會做這麼過分的事？」

「我相信他會，學務主任的個性有多差勁，是眾所皆知的事，不然為什麼會有這麼多學生討厭他？」李廷敘語帶唾棄，鍾瑩也是露出嫌惡的表情，十分認同地點點頭。

「好，我知道了，我保證不跟任何人說。」賴甄苓當場就答應了他。

李廷敘莞爾一笑，「謝謝，還好鍾瑩有先來偷偷告訴我，才能避免最壞的結果發生，我替吳曜銓感謝妳。」

「你不打算把這件事告訴他嗎？」鍾瑩好奇問。

「我會啊，都被同校的人撞見了，當然要提醒他才行，只是他今天的心情不太好，所以我想晚點再跟他說。」

賴甄苓一聽，下意識張開嘴巴，卻很快就閉了起來。

這個反應被鍾瑩看進眼裡，鍾瑩接著問他：「他為什麼心情不好呀？」

「嗯……這是他的另一件私事，若沒他的同意，我不方便說。我是擔心吳曜銓跟那女生的事會被傳出去，才把他前女友的事透露給妳們知道，就請妳們好心替那傢伙保密了。」李廷敘合掌拜託她們。

後來李廷敘先行離開，鍾瑩問：「甄苓，妳果然喜歡上吳曜銓了吧？」

「我哪有？妳怎麼又這麼說了？」她大吃一驚。

「因為李廷敘說吳曜銓今天心情不好的時候，我看妳一副挺關心，卻又不敢問的樣子，就幫妳問他了，難道不是這樣嗎？」

「不是啦，我是想到今天早上搭公車，有看見吳曜銓跟他同學有說有笑，不像心情不好的樣子，所以覺得有點奇怪而已。」

其實她幾乎只看到吳曜銓站在前方的背影，根本無法觀察他的表情，但為了不讓鍾瑩多想，她刻意這麼說，同時感覺臉上的溫度又上升。

這次鍾瑩見到她臉紅，沒有調侃她，只笑瞇瞇道：「喔？妳終於決定不躲他啦？那他有看見妳吧，有什麼反應嗎？」

「沒什麼特別的反應，只有禮貌性地笑一下而已。別說這個了，妳聽了李廷敘的說明，還會希望妳朋友跟吳曜銓告白嗎？」她硬生生轉了話題。

「唉，知道吳曜銓還會這樣跟前女友偷偷見面，我就覺得我朋友應該也沒希望了，而且既然我已經答應保密，就只能保持沉默，不鼓勵也不勸阻嘍。」鍾瑩無奈地兩手一攤。

回想那晚緊緊擁抱的那兩人，竟有這樣的故事，賴甄苓的心情難以言喻。

曾經那樣和喜歡的人分開，吳曜銓應該很痛苦吧？或許正是因為還對這段感情念念不忘，他才寧可冒著被對方家長發現的風險，也要繼續跟她見面。

想著想著，她不禁深深同情起吳曜銓，想不到擁有許多女生傾慕眼光的他，竟然也會談一場如此艱辛坎坷的戀情。

打掃時間，班上的女同學忽然走來遞給她一份被摺起來的紙條，說是二年級的人託她轉交。

原以為是鍾瑩，但紙條上寫著她名字的筆跡，明顯不是出自她的手筆。

封口被人用透明膠帶包得嚴嚴實實，她拿出美工刀小心翼翼割開，打開信一看，結果裡頭的內容讓她驚訝得呆滯住。

寫紙條給她的人是吳曜銓，對方表示有話想跟她說，請她放學後先到李廷敘今天找她說話的地方。

儘管信上沒提及想說的話與什麼有關，賴甄苓仍猜到了七八分，也料到李廷敘已經把她撞見那一幕的事告訴他了。

不知為何，意識到等等將跟吳曜銓單獨見面，她就有點呼吸困難，緊張的情緒更甚中午。

放學時間，賴甄苓抵達約定地點，一眼就看見站在餘暉之下的吳曜銓。

當他發現她，立刻揚起跟早上一樣的親切笑容，「嗨。」

「嗨。」她生硬地用同樣的方式打招呼後，便開門見山問：「請問吳學長要跟我說什麼？」

「喔，就是……李廷敘今天跟我說，妳週五晚上在路邊看見了我和我前女友，還說妳答應會替我保密，所以我想親自對妳表示謝意。」

他摸摸頸側，不好意思地說：「因為就像李廷敘說的，這件事若被我前女友的父母知道，會害她被強烈譴責，所以我很感激妳沒有說出去，還同意幫忙保密，謝謝。」

賴甄苓感到強烈的心虛，忍不住老實招供：「……其實我也不是真的沒說出去，因為我後來就把這件事告訴我表姊了，所以你根本不用跟我道謝。」

吳曜銓唇角依舊不動，「不，我是真心感謝妳，因為鍾瑩有告訴我，當她懷疑我跟我前女友是祕密交往的關係，妳就拜託她不要說出去，還說妳不想再給我帶來更大的困擾。我聽了其實有點感動，覺得妳真的是個很好的人，也覺得幸好發現這個祕密的人是妳。」

他毫不掩飾的讚美，讓賴甄苓害羞到起雞皮疙瘩，不敢直接迎上他的目光，更不敢去想自己現在的表情。

「學妹，這個送給妳。」吳曜銓從書包裡拿出一樣東西遞到她眼前，「今天下午，我臨時有事到校外一趟，回來時順便去買了這個。為了感謝妳替我保密，我問妳表姊妳喜歡的東西，她說妳很喜歡櫻花，我就買了這個做為謝禮。」

賴甄苓接過那份禮物，發現是一套有美麗櫻花照的明信片組。

她呆了呆，重新再迎上對方的眼睛時，喉嚨跟著乾涸起來，「謝謝學長。」

「不客氣，但妳不用叫我學長啦，妳可以直接叫我吳曜銓。」

聞言，她吶吶回：「那……你也不用叫我學妹，叫我賴甄苓就行了。」

「好。」他爽快答應，接著低頭瞧瞧右腕上的錶，「妳現在走到公車站，應該還來得及趕上平常那班，不然妳還要等二十分鐘，妳快去吧，抱歉耽誤到妳的時間。」

賴甄苓好奇，「你沒要去搭車嗎？」

他指指肩上背的吉他，「我今天也要去社團，晚點才回去，那我們就在這裡道別嘍。」

「好，掰掰。」

「掰掰，明早見。」

吳曜銓如此回應，就微笑對她揮手，大步走出這片溫暖的暮色之中。

不知為何，她一直無法忘記他那時的身影。

◆◆◆

「媽，吳曜銓傳Line給我，他說謝謝妳今天幫他把家裡的門卡送回去。」

陳家峯拿著手機走進廚房，對正在切水果的賴甄芩說。

「好，你幫我跟他說不用客氣。」

「知道了。」他點頭，轉身回到客廳。

把切好的水果整齊放到盤子裡，賴甄芩望著那盤水果，無聲地嘆一口氣。

看見男孩跟小明那女生在一起後，她最後沒有走到男孩面前歸還門卡，而是從別的方向走進大樓，把門卡交給櫃臺的管理員，請他聯絡男孩來取。

她沒有留下名字，但男孩果然還是知道是她把門卡送回去的。

端水果到客廳，她坐到正在滑手機的兒子身邊，他馬上用短叉從盤裡叉起一塊蘋果放進嘴裡。

「家峯，你同學有女朋友嗎？」

「沒有啊，為什麼這麼問？」他邊咀嚼邊回答，頭也不抬。

「因為媽媽看他長得帥氣，個性也不錯，所以猜他在學校應該很受歡迎。」

「是有不少女生會關注他，但他沒有女朋友。」

「喜歡的人呢？」

他搖頭，「也沒有，這我問過他。」

「是喔？那你有喜歡的女生了嗎？」

陳家峯迅速臉紅，皺著眉頭抬眼，「什麼啦？」

「如果不是女生，男生也沒關係，有什麼戀愛煩惱，儘管來跟媽媽商量。」她笑咪咪地拍他的肩膀。

「齁，妳別亂講啦，我才沒有喜歡的男生，我又不是同性戀。」

「所以你果然有喜歡的女孩子？」她抓到他的語病。

陳家峯啞口無言，放下短叉站起來，「我要去洗澡了。」

「你還沒吃完耶。」

「還不都是媽一直問這些有的沒的，害我沒胃口，剩下的先幫我放冰箱，我晚一點再吃。」他帶著紅透的耳朵落荒而逃。

陳家峯的回答，證實了賴甄苓心中的猜測。

陳家峯補習的時間是週二跟週四，隔天是週三，因此放學後陳家峯再次與他們同車，一路上三人愉快聊天，賴甄苓和男孩的互動十分平常。

週四接到男孩，他左邊嘴角的一小片瘀青，讓她的目光停了好幾秒鐘。

「你的嘴角怎麼受傷了？」

「今早我睡迷糊，結果去浴室洗臉時不小心撞到櫃子，超痛的。」他輕描淡寫說道，從書包裡拿出一本全新的書及一隻簽字筆給她，「賴阿姨，我買妳的書嘍，請幫我簽名。」

「好。」賴甄苓莞爾接過，冷不防想起，「你不是說你爸爸限制你的零用錢，那你怎麼有額外的錢買書？該不會是用吃飯的錢買的吧？」

「雖然我的零用錢被限制，但我還是有存點錢啦，為了賴阿姨，我決定把我養了好多年的小豬公打破。」男孩眉眼彎彎，看不出是否在開玩笑。

「謝謝你。」賴甄苓眼神柔和，沒有多問，將簽好的書跟筆還他，「是昨天買的嗎？」

「嗯，我也讀過內容了，我覺得賴阿姨寫得很好，但我有點好奇，為什麼作者簡介的照片會是櫻花樹？」

「因為我最喜歡的花就是櫻花。」

「是喔？現在剛好是櫻花開的季節，賴阿姨有去賞櫻嗎？」

「今年還沒呢，等工作告一段落，再找個時間去吧。」

「嗯。」

男孩將書跟筆收進書包後，她也開車上路，五分鐘後，男孩對她說：「賴阿姨，我還沒親口跟妳說，謝謝妳前天幫我送門卡回來。」

「不客氣，小事一件，我擔心你被鎖在門外。」

「其實不會，就算門卡不見，我還能按密碼鎖進屋。」

「這樣啊？」她笑了笑。

「但我有點不解，我接到管理員的電話前，我一直坐在我家正門外，但為什麼我都沒看見賴阿姨？妳是不是特地從另一個方向進去大樓？」

她被問得噎住，不知如何回答。

男孩接著問：「賴阿姨，妳是不是看見我跟小明在一起了？」

賴甄苓雙唇一抿，點頭坦承，「嗯。」

「妳是不是生氣了？」

「我沒有生氣，只覺得抱歉。」

「為什麼？」

「因為當我看見你跟小明，就覺得前天我在車上對你說的那些話，可能傷了你的心。」

男孩沒有回答，笑意從他臉上褪去。

「你跟小明在交往嗎？」

「沒有。」

「但我那天看你們感情很好，像是真正的情侶。」

「我們只是比普通朋友再好一點的朋友，我們會牽手，也會擁抱，但就僅止於此。」他淡淡問：「賴阿姨會覺得我們這樣很糟糕嗎？」

「這個嘛……人跟人之間的相處本來就有許多形式，只要雙方皆同意，也沒給其他人造成困擾，基本上我不會說什麼。但我還是想要提醒，你們都很年輕，做任何事一定要保護好對方，這是最重要的。」賴甄苓小心斟酌用語。

「我知道。」男孩的語氣仍無起伏，「沒想到賴阿姨會這麼認真的回答我。」

她看了男孩一眼，隨即問：「你和小明是怎麼認識的？」

「我們曾上過同一間補習班，她跟我一樣，家裡管得很嚴，做什麼都會被限制。有一回考完試，我趁我爸不在，找小明到家裡玩遊戲機，想要放鬆心情，結果我爸臨時回來看到，直接甩了我好幾個巴掌。上高中後，他甚至要學校老師幫忙監督我跟小明，不許我們接觸，所以我和她只能這樣偶爾私下見面。有時是小明過來找我，有時是我去找她，我們會在被家裡壓得喘不過氣的時候向對方吐吐苦水，安慰彼此。」

賴甄苓握著方向盤的手起了雞皮疙瘩。

「所以你才刻意瞞著家峯？」

「嗯，我跟陳家峯變成朋友後，很快就發現他喜歡小明，如果我告訴他，他不可能會接受我們這種關係吧？我要是他，我也會很憤怒，覺得對方根本把我當笨蛋。」

吸一口氣，他用沒有情緒的平板語調繼續說：「話雖如此，我覺得就算陳家峯真的發現我在騙他，大概也是敢怒不敢言。」

她不動聲色回：「為什麼？」

「賴阿姨，我想妳應該不知道，陳家峯跟我變成朋友前，班上是沒人願意跟他說話的，連老師都會故意找他麻煩，是我主動去親近他，情況才有了改善，要是我們現在絕交，他可能又會回到被孤立的處境。我想他很害怕變成這樣，才一直對我很好，這次看到我陷入困難，也比任何人都要積極幫我解決。這些事情，陳家峯都沒有跟妳說過吧？」

眼前的男孩，跟不久前表現得善體人意的他，像是不同的人。

「是啊，他沒有跟我說。」

見她神態平靜，男孩好奇，「妳不想知道陳家峯被孤立的原因？」

「我想知道，但就算你不告訴我，我也相信問題不在家峯的身上。」賴甄苓如此回。

男孩似乎對她的回答不以為然，「賴阿姨的意思是，妳不相信陳家峯會犯錯？不認為他會被老師跟同學這樣對待，一定有理由？」

賴甄苓笑了，「我當然不認為那孩子不會犯錯，只是我覺得，如果連老師都這樣，那八成就是那位老師帶頭的吧？家峯的個性我很清楚，他雖然有時莽撞糊塗，但絕不會無緣無故去招惹別人。既然家峯選擇不告訴我，就表示他認為自己可以應付，所以在他決定對我開口前，我會尊重他，讓他自己去處理。」

男孩深深擰起眉頭，「可是，沒有小孩會把自己被欺負的事，主動告訴給父母知道吧？」

賴甄苓認同，「一般而言確實如此，但我願意相信家峯是例外，也願意相信他對我有足夠的信任，倘若有天他再也承受不住，他就會告訴我，請我協助他。」

「那假如陳家峯不告訴妳原因，只說他想轉學，你會同意嗎？」

「如果我確定那是他深思熟慮後做下的決定，我會同意。」

「真的？妳不會勸他再想想？或是要他繼續忍耐？」

「我為什麼要讓已經忍耐到最後的孩子繼續忍耐呢？如果家峯開口了，就表示他清楚知道自己已到極限，需要我去接住他。我若不在這時候當他的依靠，那要到什麼時候才當？若放棄跟逃避可以拯救一個人，那這麼做就不會是丟臉跟可恥的，對我來說真正可恥的是，一個孩子已經在眼前呼救，我卻還視而不見。」

一段時間後，男孩問：「賴阿姨一直以來都是這麼想的嗎？」

「不，這算是生病帶給我的體悟吧。以前我也把家峯管得很緊，讓他喘不過氣，兩人經常吵架。生病之後，我很多事情都想開了，也看清真正該珍惜的事物是什麼。」

「是喔？」他的話聲幾不可聞，「那陳家峯還挺幸運，要是我爸也來生一場大病，不知道會不會變得好溝通一點。」

車內的氣氛霎時凝結。

紅燈前，賴甄苓清楚看見男孩蒼白且略帶不安的面容，彷彿他也意識到自己說出了多麼糟糕的話。

「吳同學，我可不可以問你一個問題？」她靜靜凝視他的側臉，「你是不是希望我能對你生氣？」

他一凜，「什麼意思？」

「我的意思是，從你讓我知道你騙了家峯，到對我說出這句話，我總感覺你是希望我能夠好好罵你一頓，你是不是其實也對這樣欺騙家峯的自己感到厭惡？」

男孩怔愣了片刻，硬生生將臉轉向窗外。

賴甄苓再問：「你嘴角的傷，是你父親打的，對嗎？」

他沒有回答，抓緊書包的手有些顫抖。

賴甄苓將手輕輕放在他的肩膀上，用溫柔而堅定的聲音告訴他：「吳同學，我不會生氣，也不會罵你，因為我知道那不是你的真心話。你心裡應該早就累積許多壓力，也已經到了極限。賴阿姨感覺得出來，你其實也是在呼救，希望有個人可以接住你，對不對？」

她接著說：「雖然我不確定你對家峯是如何想的，但我可以保證，家峯不是害怕自己再被孤立才對你好，而是真心把你當朋友，認為你就是值得他這麼付出，現在的我也認為你其實是個好孩子，會跟家峯一樣想關心你。」

從車窗的倒影看見男孩眼中晶瑩的淚光，她不再開口，耐心等他平復心情。

過了十五分鐘，男孩打破沉默，「賴阿姨果然還是生氣了吧？」

她眨眨眼，「沒有啊，你從哪裡感覺出我在生氣？」

見他沒回應，她鼓勵：「沒關係，你可以儘管說。」

「……因為我跟賴阿姨說過，妳可以叫我吳曜銓，但妳至今還是只肯叫我吳同學。」他的語氣有著孩子氣的彆扭。

賴甄苓愣住，不久噗的一聲笑出來。

「你誤會了，我之所以不叫你的名字，有其他的原因。」

「什麼其他的原因？」

「這個……對一個孩子說出這種事，還真有點難為情，你可別笑賴阿姨。」她哂笑坦言，「你的名字跟我以前認識的某人一模一樣，所以我一時無法直接叫出口，需要時間適應。」

「是前男友嗎？」

「不是，他是我的高中學長。」

「妳喜歡他？」男孩很敏銳。

「呵呵，猜對了，他是我第一個喜歡上的男孩，你們不僅名字相同，也有其他的相似之處，讓我覺得很不可思議。」

「我們長得很像嗎？」

「我不是指長相，雖然我早就想不起他的樣子了，但還是知道你們長得不同。主要是他在你這個年紀，經歷過跟你相似的事，所以聽完你的話，我自然而然就想起了他。」

他稍稍停頓，「你們沒有聯絡了嗎？」

「沒有，他在我高一的暑假就移民到國外，之後也再沒見過面，他應該早就忘記我了。」

「是喔。」

男孩這麼回覆後，那棟熟悉的大樓也出現在兩人眼前。

露出開朗背後的另一面，男孩的話就明顯變少了。與賴甄苓道別時，他看著她欲言又止，最後卻什麼也沒說，就轉身進到大樓。

深夜，賴甄苓在書房，將今日與男孩的對話，說給筆電螢幕裡的女人聽。

「怎麼會有這麼驚人的巧合？」女人笑言。

「就是啊，聽完他跟小明的遭遇，我都起雞皮疙瘩了。關於那個人的事，我明明都差不多忘了，但自從認識這孩子，那些往事就一個接一個湧入腦海，簡直就像在我眼前重新上演。」

「嗯，說不定老天讓妳遇見跟初戀如此相似的男孩，是有用意的。」

她啼笑皆非，「什麼用意？」

「我怎麼知道？妳自己想呀，以前妳沒能跟吳曜銓在一起，他仍影響妳挺深的不是嗎？」

「那又怎樣？他們又不是同個人，我能藉由這孩子做什麼？拜託妳別說些奇怪的話，我現在比較在意這孩子碰到的問題，也想幫幫他。」

「那就幫呀，就算解決不了他的問題，至少也能讓他知道身邊有人可以商量，妳讓他信任妳，對他跟家峯的關係也有益，不是嗎？」

「是啊。」她嘆息一聲。

結束這通視訊電話，賴甄苓繼續托腮看著螢幕，幾分鐘後書房傳來敲門聲。

「家峯，你怎麼還沒睡？」她意外看著穿著睡衣站在門後的男孩。

「我剛剛才複習完明天要考的科目，睡覺前下來上個廁所，我好像有聽到妳說話的聲音，妳在跟爸講電話嗎？」他好奇。

「不是，我在跟你的表姨視訊。」

「喔，那妳今天也會工作到很晚嗎？要不要我幫妳泡杯咖啡？」

「不用了，謝謝，我再一小時就結束了，你快去睡吧。」

「好，晚安。」正要關門，卻聽見母親喚他，他停下來，「怎麼了？」

「兒子，媽媽很愛你，也永遠都會是你的靠山，你知道吧？」她看著他的眼睛說。

陳家峯露出「又來了」的無奈表情，懶洋洋回：「知道啦，媽妳這句話我已經聽到會背了，我都有銘記在心。我去睡了喔。」

「嗯，晚安。」

門關上後，賴甄苓鬆了一口氣，慶幸兒子沒有聽見她跟鍾瑩的對話內容。

翌日，她在車上默默觀察兩個有說有笑的男孩，不久便注意到，吳曜銓表面上與兒子聊得熱絡，但有幾個瞬間，她還是能看出他其實沒什麼精神，眼神也沒什麼光采。

男孩下車時，賴甄苓主動向他要了Line，理由是接下來若臨時有急事，無法去學校接他，她就能直接聯繫他，不必透過兒子轉達，男孩自然同意。

深夜工作到一半，賴甄苓收到男孩傳過來的訊息。

賴阿姨，昨天我說了非常過分的話，真的很對不起。

我還是會繼續跟陳家峯做好朋友，所以請妳不必擔心。

讀著這兩行文字許久，她胸口微緊，心裡湧現對男孩的無限憐惜。

當賴甄苓禁止兒子下週陪她送吳曜銓回家，陳家峯哇哇叫：「為什麼？」

「因為等送完你同學再回家，已經太晚了。沒補習的那幾日，我會幫你準備好晚餐，放學後你就直接回家吃飯，知道嗎？」

「我可以晚點吃沒關係啊。」

賴甄苓兩手放在腰上嚴肅道：「陳家峯，是你說只要我協助送你同學回家，我要你做什麼你都會答應，你現在想耍賴嗎？」

陳家峯啞口無言，乖乖屈服，「好啦。」

週一那天，陳家峯還是陪吳曜銓在校門口等待，看著母親將好友載走，他就自行去搭公車。

「賴阿姨，妳是故意不讓陳家峯跟來的嗎？」男孩問她。

不意外他猜得出來，賴甄苓承認：「是啊，他太聒噪了，我希望剩下的五天，你能在這短短半小時裡，做你想做的事，不必顧慮我跟家峯。你若覺得累，就好好休息，或者是睡一下；你若不想開口說話，那就別說話，我放好聽的音樂給你聽。還有，如果你想擺臭臉，也可以盡情擺。當然，如果你想聊聊，對我大吐苦水，我也非常歡迎。總之，只要是能讓你放鬆做自己的事，你現在都可以在我面前做，而這段時間不管你對我說了什麼，我保證家峯都不會知道。」

男孩怔怔然，眼底出現之前未有過的微妙情緒。斂下略為泛紅的眼睛，他啞聲說：「謝謝賴阿姨。」

「不客氣，那你現在想做什麼？你看起來有點疲倦，想靜靜嗎？」他咬著唇，搖搖頭，「我想和賴阿姨說說話。」

「好，你想說什麼？」見他沒反應，賴甄苓提議，「不然我先問你幾個問題，你來回答？」

「好。」

「我想知道，你爸爸是否常打你？那天看到你臉上的傷，我其實有點擔心。」

「還好，通常是我故意跟他大聲頂嘴，他才會氣得動手，我只要不跟他硬碰硬就行了，以後我也不會再刻意激怒他，賴阿姨不用擔心。」

「好。」她安心下來，「那，方便再問問你母親的事嗎？如果你不想說，可以告訴我。」

他搖頭，表示不介意，輕描淡寫地回：「我媽在國外工作，跟我爸幾乎是各過各的生活，到現在我也不知道他們到底離婚了沒？但我是當作他們已經離了，畢竟我早就習慣他們分開的日子。」

「這樣啊。」

「我聽陳家峯說，他爸爸現在也在國外，是醫生。看了我爸媽之後，我就覺得至今仍能維繫好感情的賴阿姨跟陳叔叔，真的很了不起。」

「謝謝你的讚美。」賴甄苓露齒一笑，「不過，我跟家峯他爸爸其實也已經分開了。」

男孩一臉愕然，「真的嗎？」

「真的，只是我們決定等家峯高中畢業，才正式離婚。當然，若這段時間彼此有了新對象，那就另當別論。」

「陳家峯知道嗎？」

「我們還沒跟他說。不過，我想家峯應該也早就感覺到，我和他爸已經打算分開了，畢竟他從小看著我們相處，知道我們這樣聚少離多的日子，關係其實比以前親密。雖然或許有人會認為，既然都決定分開，繼續拖著不僅沒意義，最後還可能會傷到孩子，但我跟家峯他爸爸仍希望能在這段期間繼續當一家人；不是因為怕家峯傷心，我們才不得不拖下去，而是因為我們都愛家峯，所以心甘情願為他這麼做，沒有一點勉強。」

「那如果陳家峯說，這不是他想要的呢？」

「你的意思是，家峯不希望我們離婚嗎？」賴甄苓好奇看向他，「家峯跟你說過什麼嗎？」

「沒有，他會跟我聊妳還有他爸爸的事，可沒提過你們的感情問題，更沒透露出你們可能離婚的訊息，是我自己單純好奇才會這麼問，沒什麼特別的原因。」他訕訕解釋。

「原來是這樣。如果家峯真這麼想，那我自然會跟他談談，釐清他心裡擔心害怕的是什麼，然後讓他相信，就算我和他爸爸分開，他也不會真的失去那些。只要他需要我們，我和他爸爸依然隨時會在，不會離他而去。」

男孩沉默下來，目光停在前方遙遠的某處。

「賴阿姨，妳知道陳家峯當初為什麼會被大家孤立嗎？」

話題忽然轉移，賴甄苓停頓下來，順著他的話問：「為什麼？」

「因為我們的班導是個非常沒品的爛人。有次他在講課時出了包，被全班同學笑，其中一個男同學笑得太大聲，他就惱羞成怒，當場用很難聽的話把那同學罵到哭，把他趕去外面罰站。後來班導變本加厲，要坐在他隔壁的陳家峯去搜他的書包，看他有沒有帶違禁品，結果陳家峯直接拒絕，還在大家面前說他這樣很過分，陳家峯就這樣變成了班導的眼中釘。大部分同學因為害怕被班導找麻煩，就不敢太親近陳家峯。」

「那你為什麼願意接近家峯呢？」她好奇。

「因為起初我以為，陳家峯是個看起來好欺負的濫好人，卻沒想到在面對不公正對待時，他是最不肯輕易屈服的那個。無論班導如何刁難他，陳家峯都不肯向他低頭；即使後來被孤立，他也不為所動，更不曾表現出委屈難過的態度。雖然我不確定他到底有沒有在逞強，但他還是推翻了我對他的印象。有次我問他，為何不乖乖跟班導認錯？他回他又沒做錯事，為何要認錯？還說班導先跟他道歉，他才會為自己的態度道歉。」

男孩緩緩說下去：「我一直很好奇，陳家峯為什麼可以這樣無所畏懼？但認識賴阿姨後，我就找到答案了。賴阿姨是全心全意信任著自己的小孩，陳家峯也是全心全意信任著妳，知道不管發生多壞的事，妳都會接住他，當他最大的後盾，因此才能堅持下去。我會跟他做朋友，大概就是被他這種自信感染，與其說我是欣賞他的勇敢，不如說我是希望能變得和他一樣。我覺得陳家峯能擁有像你們這樣的父母，真的很幸福。每次像這樣跟賴阿姨聊天，我都會更羨慕陳家峯，甚至嫉妒他。」

見他願意放下自尊，展露脆弱的一面，賴甄苓感受到男孩是真的對自己敞開了心房，心中不免欣慰。

「你決定幫助家峯後，你們的班導有跟著刁難你嗎？」

「沒有，可能是因為我爸跟校長及主任的關係很好，他沒有來找我麻煩，但是有暗示我別跟陳家峯來往，發現我沒理他，他對陳家峯的態度就有收斂，加上我在班上的朋友多，他們看到我主動跟陳家峯接觸，也漸漸不再把班導的施壓當一回事。」

「那麼，賴阿姨真的要謝謝你，因為真正幫助家峯的人是你，而不是我跟他爸爸。家峯的這點個性跟他父親很像，他們都有一顆善良正直的心，面對不公不義的打擊，會越挫越勇，不輕易妥協，但有時也容易讓自己陷入孤立的處境；像這次的事，家峯小學時就發生過，這次再發生，我不會太意外。跟家峯相比，像你這樣不直接與大人對抗，而是利用自身優勢扭轉情勢，我覺得很棒，這才是聰明的勇敢。」

忽然間被讚美，男孩有點不好意思，「是這樣嗎？」

「當然，與你相處的這幾天，我真心認為你比家峯細心，比他考慮得多，但相對壓抑的也多。賴阿姨能這樣與你獨處的時間，雖然只有短短二週，但以後你有煩惱，還是可以找我商量，這就是我把Line給你的真正原因，所以你不要再半夜騎車出去，做些容易害自己受傷的事了，我會很擔心；這週過後，你可以常來我們家玩，若你父親允許，偶爾週末到我們家過夜也沒問題，相信家峯會很高興的。只要這麼做能讓你真心感到開心，我都會同意，這就是賴阿姨報答你的方式。」

為了緩和他的情緒，她再眨眨眼說：「如果你跟小明找不到地方見面，也可以約在我們家。」

果不其然，男孩噗的一聲笑出來。

「這樣陳家峯不就知道我跟小明的事了嗎？」

「就讓他知道啊，有膽量對抗欺負他的老師，卻不敢跟心儀的女生表白，我聽了其實不會覺得很開心耶。賴阿姨不介意你把事實告訴家峯，或許讓他受點打擊，可以激發他一點鬥志，因為我真的很怕將來連女朋友都要我替他找。」

「賴阿姨真的很有趣耶。」男孩繼續笑個不停，「陳家峯不敢跟女生表白，也是因為像他爸爸嗎？」

沒料到他會這麼問，賴甄苓啞然，不久苦笑自招：「雖然很不想承認，不過應該是像我。」

「真的？」

「是啊，過去我談的幾段感情，都不是我主動表白而促成的，連跟家峯他爸爸也是。我還曾經有過明明喜歡對方，卻因為遲遲不主動告白，導致戀情告吹的經驗。」

「為什麼賴阿姨不願主動表白？就只是因為沒勇氣嗎？」

「與其說是沒勇氣，不如說是因為發生過一點事，使得我對表白這種事有些陰影，在感情上偏向被動。」

「跟賴阿姨的初戀，那個也叫吳曜銓的人有關嗎？」

「哇，你真的很聰明，為什麼你猜得到？」她驚呼。

他靦腆一笑，「我也不曉得，就直覺吧，賴阿姨可不可以跟我說說這個人的事？」

「咦？你想知道嗎？」

「嗯，聽到妳說我們的名字一樣，還經歷過相似的事，而且對方還是賴阿姨第一個喜歡上的人，我就對他有點好奇，也想知道賴阿姨跟他的故事。」

語落，他意識到了什麼，隨即改口：「不過，既然他曾經在賴阿姨心裡留下不好的陰影，我是不是還是別問比較好？」

見男孩原先黯淡無光的眼眸，因為強烈好奇而變得炯炯有神，賴甄芩的唇角深深勾起。

「不會，完全沒關係，如果你真的想知道，賴阿姨可以告訴你。」

後來，她花幾分鐘時間，將當年與吳曜銓相識的經過，以及撞見對方跟前女友祕密約會，最後答應替對方保密的事告訴男孩。

「賴阿姨的那個朋友也太可惡了吧？居然這樣陷害妳！」

聽到那起烏龍廣播告白的事，男孩瞠目結舌，沒想到真有人可以這麼惡劣。

「就是啊，我那時丟臉到完全不敢再去學校，甚至覺得自己的人生都毀了。可若不是那封情書，我跟那個人也不會真正認識，到後來我也漸漸不在意了。」

「妳原諒那個朋友了嗎？如果是我，一輩子都無法原諒她。」

「呵呵，當時我也以為一輩子都不會原諒她，不過時間真的可以沖淡許多事，我高三時就能與那位朋友重新說上話了呢。你以後會明白，學生時期的衝突最容易和好，變成大人之後的決裂，才可能真是一輩子的決裂。」

男孩好看的眉宇微微皺起，過一會兒問：「可是，難道不就是那個烏龍告白，導致妳內心留下長久的陰影，更害得妳今後變得不敢跟別人表露心意了嗎？」

「喔，不是的，後來發生的事才是主因。」

賴甄芩莞爾否認，繼續跟男孩分享後面的故事。

✦ ✦ ✦

正感覺與吳曜銓的關係越來越好，鍾瑩幾天後就告訴賴甄苓關於他的另一個「祕密」。

鍾瑩的好友決定向吳曜銓告白後，果不其然得到拒絕的回覆，當對方深入追問原因，吳曜銓便鬆口說出等這學期結束，他就要和家人搬去加拿大，因此不打算在這段期間接受任何人的感情。消息一出，很快就有許多人知道吳曜銓即將移民海外。

據說吳曜銓為了這件事悶悶不樂已久，他會跟別人說出這件事，就表示他已做了決定。

得知此事後，賴甄苓當下除了驚訝，一時之間還未感受其他的情緒。

然而後來在公車上遇到，只要彼此相隔不遠，吳曜銓都會用溫暖的笑容跟她打招呼，有時還會走過來親切與她閒聊幾句。

漸漸習慣這樣的相處後，往後的每個早晨和放學時分，她都會在公車抵達前，先想起那個人的臉，若沒能見到他，心裡就會悵然失落。

某天早上，吳曜銓一上車，看見賴甄苓的鄰座有空位，直接就到她的身旁坐下，當時他瞬間貼近的氣息和溫度，讓賴甄苓的呼吸一滯，臉頰升溫，心臟更是差點跳出胸口。

即使過去未曾真正體會過，她也知道會這樣在意起某個人，期待見到對方，對方靠近時會臉紅緊張、心跳加速，就是喜歡上一個人的心情。

意識到這一點後，她意外發現自己比想像中還要容易接受這個事實。或許是因為在察覺到對吳曜銓的心意之前，她就已經做好對方會離開的心理準備，因此比起逃避或陷入悲傷，她更想好好把握跟對方相處的每個時刻，畢竟不是每個喜歡他的女生都能擁有這樣的機會。

某天，吳曜銓坐上公車，看見賴甄苓和平常一樣跟他揮揮手，立刻走到她面前問：「賴甄苓，妳怎麼了？」

「什麼怎麼了？」她不明所以。

「妳的臉看起來好紅。」

「這……我本來就很容易臉紅呀，應該是車上太熱了。」

他失笑，「哪裡熱？我還覺得公車上的冷氣開得很強呢。妳今天的臉真的紅得特別誇張，眼眶也有點濕濕的，有發生什麼令妳難過的事嗎？」

「真的沒有啦，我的心情很平常，一點事也沒有。」她認真地搖頭澄清。

吳曜銓擰眉盯著她瞧，忽而把手輕輕貼在她的額上，驚呼：「賴甄苓，妳額頭好燙，妳在發燒耶。」

她跟著摸了自己的額頭，「有、有嗎？但我沒有不舒服啊。」

他好氣又好笑，「妳真的在發燒啦，等等到學校，妳就先去保健室，我帶妳去。」

下了公車後，吳曜銓真的直接帶她前往保健室，校醫給她量了體溫，確定她在發燒。由於賴甄苓的父母都要上班，回家也沒人能照顧她，於是校醫讓她留在保健室休息。

吃過藥後沉沉睡了一覺，賴甄苓醒來時，就看見鍾瑩的臉。

「甄苓，還好嗎？有沒有哪裡不舒服？」

「沒有。」她摸摸自己的臉蛋，感覺體溫降了點，身體也不再那麼沉重，「現在幾點啊？」

「十二點，妳睡了整整一個上午，早上吳曜銓跑來通知我，我就馬上過來看妳了。妳也太誇張，自己發燒都不知道。」

「我也不知道自己怎麼會突然發燒，明明昨晚都還好好的……」她越想越糗，忍不住用棉被把自己緊緊裹起來，「齁，我居然又在吳曜銓面前出洋相，丟臉死了。」

「呵呵，在喜歡的人面前接連出糗真的很丟臉對吧？我可以理解妳想躲起來的心情。」

賴甄苓用力拿下棉被，驚慌失措道：「妳、妳說什麼呀？」

「放心，現在保健室裡只有我跟妳，沒有其他人在。」

「不是啦，我是說……」

鍾瑩翻翻白眼，用食指戳戳她的額頭，「妳真當妳表姊是笨蛋，到現在都還看不出來？妳就老實坦承妳喜歡吳曜銓又有什麼關係？我又不會笑妳。」

賴甄苓的臉頰溫度再度飆升，害羞囁嚅：「我只是不好意思說出口嘛。」

「唉，雖然妳有喜歡的人很好，可是想到對方是吳曜銓，我就無法真心替妳高興，我寧可你喜歡李廷敘，也別喜歡上一個即將離開的人。」她語帶無奈。

「這……沒關係啊，反正就算吳曜銓沒離開，我們也不可能在一起吧？」

儘管早就明白這一點，但說出口時，她的舌尖還是嚐到一絲苦澀。

鍾瑩看著她，「甄苓，妳想不想跟吳曜銓告白？」

她一驚，「為什麼要告白？」

「因為他是妳第一個喜歡的人啊，如果不想留下遺憾，我覺得妳可以試試。就像妳說的，即使你們之間沒可能，也可以為這段戀情留下美好的回憶，不是嗎？」

賴甄苓腦袋空白，第一次認真思考起這件事，心跳如擂鼓。

「可是，要是我告白了，讓吳曜銓決定跟我保持距離，那該怎麼辦？好不容易變成朋友，我不想在最後這段時刻，讓彼此關係變得尷尬。」她說出最深的擔憂。

鍾瑩笑著拍拍她肩膀，「這妳就不用擔心了啦，就我所知，過去跟吳曜銓告白的那些女生，都沒被他這樣對待。吳曜銓就算拒絕對方，也還是會跟對方和睦相處；像我朋友跟他告白後，兩人也還是好朋友，根本看不出他們之間有一絲絲的尷尬，所以妳真的不用顧忌這點。但若妳還是想選擇放在心裡，那也沒關係，就依妳自己的心意去做吧。」

賴甄苓呆呆思忖她的話，一分鐘後，保健室的門被輕輕打開，接著一道低沉男聲從隔簾外小聲傳來：「鍾瑩，妳表妹醒了嗎？」

「喔，她醒了。」

鍾瑩回應對方後，快速幫賴甄苓整理一下儀容，並拿了個口罩給她戴，就動手將隔簾拉開，李廷敘跟吳曜銓兩人就站在外面。

「學妹，妳還好嗎？吳曜銓說想來看看妳的情況，我就跟著來了，妳燒退了沒有？」李廷敘親切地對賴甄苓表達關心。

「嗯，感覺有退一點了，謝謝。」賴甄苓手指捏著被角，露出半張泛紅的臉，萬萬沒想到他們會一起來看她，內心受寵若驚。

鍾瑩兩手一拍，開心道：「你們來得正好，可不可以幫我一個忙？我打算趁甄苓有好一點，送她回家休息，所以我現在要回教室整理書包，再去幫甄苓請假。李廷敘，你替我去買一瓶運動飲料過來好嗎？我想給甄苓補充點電解質。」

「好啊，我去買，那吳曜銓就幫忙照顧學妹喔。」李廷敘爽快答應，跟著鍾瑩離開保健室。

猜到鍾瑩是故意支開李廷敘，讓吳曜銓一人留下，賴甄苓就緊張到心跳加速，腦袋一片空白，沒想到會在這種情況下與對方單獨相處。

吳曜銓看到她的臉，當場噗嗤一聲，「賴甄苓，妳的臉還是很紅耶，妳真的有好一點嗎？」

「我、我有啦，我只是覺得很糗才會臉紅。」她用因為感冒變得粗啞難聽的嗓音，勉強編出一個解釋。

「幹麼覺得糗？妳又不是故意生病的。」

「……是沒錯，但這是我第二次在公車上出糗了，而且剛好你都在，我才覺得更丟臉。」

「嗯，經妳這麼一說，我發現妳好像真的挺容易在我面前出糗耶。」

見賴甄苓惱羞朝他瞪去，吳曜銓笑得開懷，「開玩笑的啦，妳只是想讓妳放鬆點，不是故意在糗妳，我做過很多比妳更丟臉的事情，一點也不覺得妳這有多嚴重，真的！」

雖然恨不得再把自己埋進被窩裡，但看見吳曜銓這樣努力地想安慰她，還對她笑得這般燦爛，她第一次覺得出糗好像也不是多糟糕的事。

眼下的輕鬆氣氛，讓她稍稍提起些許勇氣，紅著臉開口：「我其實有一個……好奇了非常久，但一直不好意思問你的問題，你現在可以回答我嗎？」

「好啊，什麼問題？」

「就是，之前我在公車上摔倒那次，你見到我坐在地上不動，最後把自己的外套拿給我，叫我綁在腰上，我能不能問是為什麼？」

吳曜銓被問得愣住，眼神突然間變得閃爍，一度無法正視她，最後甚至和她一樣臉紅了起來。

他尷尬地摸摸頸側，吞吞吐吐回：「那是因為……以前我和我前女友一起搭火車，明明就要下車了，她卻一直僵坐在座位上，怎樣也不肯起來，而且看起來就快要哭了；後來我才知道，是她的生理期突然來了，因為沾到了裙子，所以她不敢起身，害怕被別人看見。妳那個時候的反應，讓我猜到很可能也是這種情況，我才會把外套借妳，給妳擋住後面。」

「原來是這樣，謝謝，我明白了。」

賴甄芩滿臉通紅看著棉被，過一會兒才重新抬起頭，「你的前女友……知道你要移民了吧？」

「嗯，她知道。」

「她很難過吧？」

「是啊，但這是沒辦法的事，其實我也不想走，可惜我家的情況終究不允許我獨自留下。」

「你會捨不得她嗎？」

吳曜銓想了想，語帶無奈回：「比起不捨，我對她更多的是擔心。雖然我答應會經常寫E-mail給她，但我還是希望能有個人代替我，在她傷心失落的時候陪她說說話，好好安慰她。」

當賴甄苓張口，想再問他是否對前女友仍有眷戀，最後卻抿緊了唇，硬生生將話嚥了回去。

「對了，我有個東西想要給妳。」

他從襯衫口袋裡拿出一支包在透明包裝袋裡，造型別緻的飾品，笑著說：「這是櫻花造型的髮夾，原本今早要給妳的，但沒想到妳會生病，所以就決定晚一點給妳，妳會想要嗎？」

「要！」賴甄苓二話不說伸手接過，仔細端詳那小巧精緻的櫻花造型髮夾，內心激動不已，「好漂亮，你怎麼會有這個？」

「這其實是我姊的，因為要搬家，我們最近在整理房子，昨天我從我姊整理出來的東西中發現這個，她說是以前跟朋友一起買下來的，卻從未戴過。我問她還要不要，若她沒打算戴，我就把它送給某個喜歡櫻花的朋友，我姊也很慷慨地讓給我了。」吳曜銓老實解釋，撓撓臉，「妳會介意這是我姊不要的東西嗎？如果會介意，妳可以還我沒關係。」

「我不介意，我真的很喜歡這個髮夾！」賴甄苓心中滿是感動，慶幸自己現在戴著口罩，才沒能讓他清楚看見自己此刻的表情。

吳曜銓看到櫻花，竟然就會想到她，光是這點小事就足以令她開心不已，甚至莫名想哭。

彷彿被她強烈的喜悅感染，吳曜銓跟著笑了幾聲，「妳喜歡就好，這就當作我探病的禮物，祝妳早日康復。」

「謝謝你。」她愛不釋手地高舉髮飾細看，情不自禁道：「我從沒戴過這樣的髮夾，好想立刻戴看看。」

「可以呀，要幫妳戴嗎？」他問。

「什麼？」賴甄苓愣愣望他，半晌後鈍鈍搖頭，「……還是先不要好了，我現在感冒，模樣超級狼狽，戴起來也不會好看，我要等我病好了再找機會戴。」

「喔，好吧。」吳曜銓點頭。

當這個話題結束，李廷敘也捧著四罐飲料回來，除了賴甄苓的運動飲料，他還體貼地先讓她挑選鍾瑩會喜歡的飲品，再跟吳曜銓分其餘的兩樣。

之後搭計程車回家的路上，賴甄苓對鍾瑩說出她跟吳曜銓在保健室的對話，並且給她看了那只櫻花髮夾。

鍾瑩盯著髮夾不久，露出納悶的表情，「有點奇怪，吳曜銓似乎對妳特別好。」

她心一跳，「真的嗎？」

「對啊，居然跟姊姊要了髮飾送給妳，聽起來就不尋常。如果是對一般的女生朋友，會這麼做嗎？」

「但……吳曜銓說不定只是單純看見那麼漂亮的髮飾被棄之不用，覺得很可惜，而他又剛好知道我喜歡櫻花，才順手送給我，並不是真的特地為了我而跟姊姊要的吧。」

「或許吧，但我還是覺得哪裡怪怪的。」鍾瑩認真思忖，最後對她曖昧一笑，語出驚人，「搞不好吳曜銓其實有一點喜歡妳唷。」

賴甄苓全身一震，用力拍了下她的肩膀，「妳別亂說啦！」

「知道了，不說就不說，不然妳又要發高燒了。」鍾瑩哈哈大笑。

雖然賴甄苓沒把表姊的話當真，但那句話還是帶給她不小衝擊，當晚她真的又發了高燒，後來請了整整兩天的病假才回去上學。

痊癒的那日，她站在鏡子前，把那支櫻花髮夾戴在頭上，忍不住甜甜微笑，然而她卻失望地發現這款髮夾完全不能搭配制服，若真的戴著走出去，會非常顯眼，而且一定會被教官責罵，甚至導致髮夾被沒收，於是她不得不放棄戴起來給吳曜銓看的念頭。

本來已經告訴自己，別再有更多不切實際的貪念，然而鍾瑩某次在電話裡告訴她的話，還是徹底攪亂了她的心湖。

「我有稍微跟李廷敘探聽，他說除非是對方生日，要不然他幾乎沒看過吳曜銓主動送禮物給哪個女生朋友。所以我的直覺沒錯，吳曜銓確實對甄苓妳不太一樣。」

若不是鍾瑩如此肯定，也許她就不會真的生出一絲期待，並動起對吳曜銓表明心意的念頭。

就算吳曜銓終將離開，她也想要知道他對自己的真實想法。

她更不求任何承諾，只求不讓這場暗戀留下遺憾。

一個和平常一樣的早晨，她和吳曜銓一如往常在公車上閒聊，不知怎的就聊到那起烏龍告白事件。

「其實後來李廷敘還是有告訴我，妳那天在廣播室裡，說妳真正喜歡的人是他的好朋友，這句話是假的。妳只是在衝動的當下，一時口誤把話說成了那樣。」

她難為情地看他一眼，「你相信嗎？」

吳曜銓點頭，「我信啊，人本來就容易在情急之下做出連自己都意想不到的事。但如果是我，我除了把事實說出來，也會將陷害我的那個人一併公布，做出這麼過分的事，怎麼可以不給對方一點教訓，就這樣輕易放過？妳真的人太好了。」

「我後來也挺後悔當初沒那麼做，那時我真的太慌張，根本無法冷靜思考。」

她輕哂，「我想也是。不過坦白說，妳那封情書寫得挺不錯。」

「真的？」

「嗯，當時我們班很多女生都說，很喜歡這次告白的內容，很觸動人心，說不定以後會有很多人找妳寫情書。」

「我才不要呢，我不要再幫別人寫情書了。」

「哈哈，那就可惜了，收到妳寫的情書的人，應該會很高興。」

聞言，她抬頭看著他的臉，輕聲問了句：「那你收到也會高興嗎？」

吳曜銓霎時無語，笑意微微凝結在脣角。

他就這樣突然不再開口，一路靜默到學校。下車後，他直接大步走進校舍，始終沒回頭看她一眼，讓賴甄苓驚愕不已。

這是怎麼回事？為什麼他會是這樣的反應？

她做錯什麼了嗎？

抱著這份疑問，賴甄苓度過了惶惶不安的一天，希望能在放學時向對方確認，然而吳曜銓沒有搭上平時的那班公車。

不只這一天，就連隔天、後天，她都沒在公車上再見到對方。

這讓賴甄苓不得不承認，吳曜銓是真的在躲她。

但這是為什麼？她只是問了那句話，為何他的態度就有如此天翻地覆的轉變？

經過多日絞盡腦汁思考，賴甄芩歸納出吳曜銓不願再理她的可能原因。

當時她問的那句話，也許讓吳曜銓察覺到她的心意，才會開始躲避她，然而這個結論卻又讓她陷入另一個更大的困惑。

鍾瑩明明保證過，即使跟吳曜銓表白，吳曜銓的態度也不會改變，還是會把對方當朋友，她就是憑藉著這一點，才放心對他說出那句話，可是為什麼結果與她想的完全不一樣？

難道是因為當時在公車上，吳曜銓才聲稱知道賴甄芩喜歡他的那個謠言並非事實，結果下一秒她就說出那種話，因此感覺被愚弄，才會生氣？

消失整整一個禮拜的吳曜銓，之後再出現在公車上，直接與賴甄芩保持遠遠的距離，不僅沒有找她說話，連個目光都不肯給她。

如此明顯的態度，讓賴甄芩不得不認清，吳曜銓是真的已經不想再與她來往。

大受打擊的她，從一開始的震驚、傷心與不解，到最後只剩下深深的悲憤與羞恥。

她不明白，在那些喜歡他的女生當中，為何吳曜銓唯獨對她這般殘忍？

她說的那句話，就這麼令他失望，甚至讓他只想從此遠離她？她的喜歡，對他而言真的就如此一文不值嗎？

被這些想法占據的賴甄苓，無法向吳曜銓索要答案，只能抱著賭氣的心態，跟著刻意疏遠對方，藉此維護住最後一點自尊。當鍾瑩追問她跟吳曜銓的事，她也堅持不說出真相，只告訴對方，自己好像沒那麼喜歡他了。

她和吳曜銓的冷戰，一路持續到學期結束。

賴甄苓的第一次心動，以及第一次暗戀，最後就在吳曜銓的不告而別中，黯然地劃下休止符。

一直到過了很久，賴甄苓才發現這份回憶帶給她的影響，比想像中要深遠。

往後再遇到心動的對象，即使感覺對方與自己心意相同，她也會在考慮告白的那一刻，突然陷入強烈的自我質疑。

她會不自覺在心裡問自己：對方的想法真的跟她一樣嗎？有沒有可能是她誤會了？如果這一切是她在自作多情呢？要是對方根本不把她的心意當一回事，那該怎麼辦？

這些發自內心的恐懼，變成她揮之不去的陰影，為了不再經歷一次相同的難堪，她只能下意識武裝起自己，不輕易主動對別人表露真心，然而她為了保護自己而築起的殼，也曾讓她在後面的幾段戀情中碰壁，後來有一段時間都沒再談戀愛，直到二十六歲那年，她認識了年長他十一歲的先生，兩人最後走入婚姻。

隔年的某個深夜時分，賴甄苓將兒子哄睡後，進廚房給自己倒了一杯紅酒，不久接到鍾瑩從國外打來的電話。

「甄苓，妳記得李廷敘嗎？」

李廷敘高中畢業前，都跟賴甄苓維持不錯的交情，但對方畢業後，兩人很自然地就斷了聯絡，多年來也不曾聽聞他的消息，因此這次聽鍾瑩忽然提起他，賴甄苓過一會兒才回想起來。

「喔，我記得呀，怎麼了？」她走到陽台吹風，啜飲一口紅酒。

「我以前的朋友今天跟我說，李廷敘一週前發生車禍意外，不幸走了。」

賴甄苓拿著高腳杯的手頓住，不可置信地問：「怎麼會？」

「據說是他跟朋友去外島旅行發生的意外，而且他的家人好像會低調處理後事，沒打算讓家人之外的人參加。」鍾瑩語氣沉重。

沒想到多年後再聽見李廷敘的消息，竟是他的死訊，賴甄苓百感交集，喉嚨噙著一絲苦澀，不知道該說些什麼。

儘管已經無法清楚想起李廷敘的樣貌，她仍記得對方那令人印象深刻的美好笑顏，以及親切熱心的個性，心裡為他哀傷的同時，也不免感慨人生的無常。

「這次聽聞李廷敘的消息，讓我想起了一件他以前告訴我的事，跟妳有關。」

「我？」

「對，而且也跟吳曜銓有關，妳也還記得他吧？妳想聽聽看嗎？」

賴甄苓停頓，沒有思考多久便回：「嗯，好啊。」

那是發生在吳曜銓離開台灣半年後的事。

有一次李廷敘主動告訴鍾瑩，先前吳曜銓突然決定跟賴甄苓保持距離的原因。

吳曜銓出國前曾向他坦言，雖然他一直以來都是跟她搭同班公車上下學，但他是透過那個烏龍廣播告白，才真正注意到賴甄苓；後來兩人變熟後，他對她動不動就臉紅的反應感到有趣，也時常會有覺得她很可愛的心情，以至於忍不住就想要對她好。

直到那一天，賴甄苓在公車上，對他說出那句聽起來宛若告白的曖昧話語，他心中的警鈴登時大作，整個人也陷入前所未有的慌亂，最後不得不用那種傷人的態度對待她。

吳曜銓之所以逃避賴甄苓，並不是因為她做了什麼錯事，而是因為當時他意識到，如果繼續跟賴甄苓相處下去，他很可能真的會喜歡上她。

走過與前女友的那一段戀情，吳曜銓萬分不願在即將離開的時刻，再經歷一次與喜歡的人離別的痛苦，只好在陷得更深以前逼自己抽身，而他也清楚知道自己深深傷了賴甄苓的心，才會連道別的話都沒勇氣對她開口。

吳曜銓離開後的那半年，偶爾還會向李廷敘關心賴甄苓的事。而當李廷敘後來將這件事告訴鍾瑩，鍾瑩一度煩惱過是否該讓賴甄苓知曉，然而她不捨再讓心愛的表妹傷心難過，最後決定隱瞞下去。

聽完當年的真相，賴甄苓先是沉默，才忍俊不住回，「妳應該跟我說的，雖然我當時假裝沒事，但其實我真的為了這件事傷心很久。」

鍾瑩笑了起來，「果然齁？」

「對啊，不過我也可以理解妳的心情，如果是我，我大概也不會告訴妳。」她輕輕搖晃手中的酒杯，「話說回來，吳曜銓知道李廷敘的事情了嗎？」

「我也不曉得，我跟李廷敘同樣很久沒聯絡了，所以不曉得他們是否還有保持聯繫。以前的同學都沒一個知道吳曜銓的消息，要再見到他，我看是不太可能了。」

「是啊。」她淡淡回應。

結束通話後，賴甄苓繼續站在陽台，望著遠方的城市燈火陷入沉思，腦中漸漸浮上兩名穿著高中制服，模樣卻已變得模糊的男孩。

原來，吳曜銓當年並沒有討厭她。

原來她的感情，沒有讓他失望，更不是毫無意義。

原來她當年的傷心，都只是一場誤會。

『雖然對妳來說，這是一段糟糕到不行的回憶，但相信妳以後也會笑著回顧這件事的。』

回憶起那段歲月，賴甄苓也想起李廷敘曾經對她說的這句話。

脣角輕輕牽起的同時，她的眼眶跟著濕潤。

分不清是為了深深受過傷的自己而鼻酸，還是為了無法再追回的人事物。

✦ ✦ ✦

「原來賴阿姨跟那個吳曜銓，當年其實是兩情相悅。」

聽完故事的最後一段，男孩這麼說道。

賴甄苓脣角揚起，「你是這麼認為的嗎？」

他篤定頷首，「我覺得他會那樣逃避妳，其實就是承認已經喜歡上妳了。」

「是嗎？既然你這麼說，那我也這麼相信吧。雖然已經是很久以前的事，但這句話聽起來，還是會讓人挺高興的。」她眼角彎彎。

「那，對於吳曜銓這個人，賴阿姨的心裡還有什麼遺憾嗎？」

她歪頭想了想，不久給出這個答案，「是還有一個，我挺後悔當時他說要幫我戴上那支櫻花造型髮夾的時候，我沒有答應他。」

「為什麼？」

「大概是因為，我想讓他親眼看見我戴上那支髮夾的樣子，然後聽他稱讚一句我很漂亮。」她呵呵道。

「那支髮夾還在嗎？」

「早就不在嘍，我被他甩掉後，為了避免觸景傷情，沒多久就決定把那支髮夾，還有他更早前送的櫻花明信片套組，拿去給我弟弟追女朋友了。」

「是喔，感覺有點可惜。那如果還有機會再見面，妳會想見到他嗎？」

「若真能再見到當然很好，可惜機率太渺茫，我連他現在住在哪裡都不曉得呢。」

「但現在網路這麼發達，也許可以透過名字找到人，搞不好對方也有試著找過妳呢。而且我在前些日子上網搜尋賴阿姨出的書的時候，有發現一篇採訪妳的文章，裡頭還有刊登妳的照片，要是對方用妳的本名去搜尋，很容易找到那篇文章，從中獲知妳的消息。」

「你說的倒也沒錯，但前提是，對方至今還記得我，並試圖找過我，而且也真的動過想聯繫我的念頭。倘若他在更早以前有這種想法，我覺得倒有那麼一點可能，但現在的話……應該更難了；如果我是像J.K.羅琳那樣全球知名的作家，就不會有這層顧慮，無論是誰都能立刻找到我，哈哈。」她幽了自己一默。

「賴阿姨別這麼悲觀嘛，說不定對方真的已經知道妳的消息，只是妳不曉得而已。」男孩仍繼續鼓勵。

賴甄苓深深看他一眼，再次彎起眼角，「好，那我就這麼期待。」

當晚，賴甄苓的工作告一段落，隨意瀏覽社群網站稍作歇息時，忽然想起今天與男孩的這段對話，最後一時興起，將那篇採訪文章找了出來。

那篇文章的內容，不僅有她創作的心路歷程，連前幾年生病的事，也都紀錄在裡頭。

重讀到一半，賴甄苓操作滑鼠的手指，突然定格不動。她對著螢幕怔愣幾秒鐘，旋即起身走到一旁的書櫃前，將擺在上頭的一只木盒取下。

去年她出版的第一本書，幸運地得到不小迴響，也讓她收到幾位讀者寄去出版社的回饋信件，賴甄苓讀完那些信件後，就全數收進這只木盒裡珍藏。

從木盒裡取出其中一張明信片，賴甄苓認真讀完上頭的內容，不久聽見心跳增快的聲音。

隔天接到男孩後，她在紅燈時，將那張明信片遞給了他。

來回翻看這張印有櫻花照片的明信片，男孩不解問：「賴阿姨，妳為什麼要給我看這個？」

「去年我的書出版後，有收到幾個讀者寄給我的信，這張明信片就是其中之一，但我讀了後發現裡頭的內容有點奇怪，感覺像是從前認識我的人寫的，然而對方沒寫上名字，所以我想不出會是誰，最後我就把它收起來，也漸漸忘記了這回事。但昨晚，我重讀了你說的那篇採訪文章，忽然想起這張明信片的內容，最後認為你告訴我的話，或許是真的。」

待男孩理解過來，他低頭認真讀過明信片上的內容，驚訝道：「莫非，賴阿姨覺得這張明信片，其實是妳的初戀寄的？」

「我的確有這個推測，託你的福，我才能發現這件事。」她對他眨眨眼，「你認為是他嗎？」

他用力點頭，語氣雀躍，「我認為是，因為昨天賴阿姨告訴我，妳以前不敢主動跟別人告白的時候，我就有猜到原因是吳曜銓，這表示我的直覺很準。這次我也有相同的直覺，所以我相信這是那個吳曜銓寄的沒錯！」

男孩滿臉興奮，眸光熠熠，看起來比她更激動開心，「實在太酷了，可以幫賴阿姨發現到這件事，我覺得好有成就感！」

賴甄苓不禁在男孩燦爛的笑顏裡愣住。

『說不定老天讓妳遇見跟初戀如此相似的男孩，是有用意的。』

想起鍾瑩這句話，她的內心湧上難以辨明的情緒，手臂也再次掀起雞皮疙瘩。

接著男孩繼續問：「不過賴阿姨，對方就只寄這一封？妳後來就沒再收到可能是這個人寄來的信了嗎？」

「沒有，說不定對方不會再寄了。」

「什麼？那怎麼辦？」

「那樣也沒關係呀，你不覺得收到這張明信片，就已經是奇蹟了嗎？倘若對方往後有持續關注我的作品，並再次捎來消息，或許有一天，我們真有機會重逢，但即使沒那一天也沒關係，知道對方記得我，而且過得好，我就很滿足了。」她發自肺腑說。

「……是喔。」男孩低應，目光重新回到手中的明信片，「賴阿姨，那我再問妳，假如我就是那個吳曜銓，妳現在會想要做什麼？」

「現在？」賴甄苓隨他的話陷入思考，最後不知怎的想到了櫻花，於是回：「我想兩人一起去看看櫻花應該不錯吧，你為什麼這麼問？」

「沒有，好奇而已。」男孩微微一笑，沒有多說。

當日子來到接送男孩的倒數第二天，賴甄苓在看見他家的大樓後，對他說：「時間過得真快，轉眼間明天就是最後一次送你了。」

「對啊，真的很謝謝賴阿姨這兩週的幫忙，也謝謝妳這段時間願意聽我說心事，認識賴阿姨之後，我變得很開心，放學也變成我每天最期待的事。」男孩由衷地說。

「呵呵，你這孩子真的很會說話。」她心中一暖，忍不住摸摸他的頭，「我也很高興認識你喲，謝謝你跟我分享你和家峯的事情，今後有任何需要幫助的地方，儘管告訴賴阿姨，千萬別客氣。」

「好。」乖巧點頭後，男孩認真望著她說：「賴阿姨，明天送我回去後，方便再占用妳一點時間嗎？大概十五分鐘就可以了。」

賴甄苓沒怎麼考慮就答應了。

翌日，她將車子停在男孩面前，卻發現只有男孩一人在等她。男孩上車後，她納悶問：「奇怪，平常這個時候，家峯不是都會陪你等我的車？怎麼今天沒看見他？他已經搭公車回去了嗎？」

「嗯，陳家峯現在不想看到我的臉，他在生我的氣。」他摸著頸側訕訕說道。

「怎麼回事？難道你們吵架了？」她訝異。

「我今天把小明的事告訴他了，他非常生氣，一整個下午都沒跟我說話。」

「你為什麼忽然決定告訴他？莫非是我之前慫恿你的緣故？」

他搖搖頭，「不是，是我自己想說的。因為我是真心喜歡你們兩人，所以不想再繼續騙他。我把我所有的真心話都說出來了，不知道他還願不願意繼續跟我做朋友。我想賴阿姨今天回家看到他，應該會發現他心情不好，所以想先跟妳說一聲。」

「這樣啊。」她眨眨眼，「那家峯氣的是你跟小明的關係，還是氣你騙了他？」

「應該都有，但我認為他最氣的是聽到我跟他說，要是他真的介意我跟小明的關係，今後我就不再用這種方式與小明相處，可是希望他可以試著跟小明做朋友，還有同意讓小明認識賴阿姨。」

「你想讓小明認識我？為什麼呢？」她大感意外。

「因為跟賴阿姨相處後，我就希望小明的身邊也有一個像妳這樣的大人。我跟小明說過妳的事，她說她也很想認識妳。當然，前提是賴阿姨同意，還有陳家峯也允許。」

她笑了笑，「我當然是同意的，雖然我想認識誰，沒必要特別經過家峯同意，但我還是很謝謝你先問過他，這樣他會知道你是重視他的想法的。若家峯不曉得怎麼做，會來找我商量的，到時我再好好跟他說，所以你不用擔心，給他一點時間吧。」

「好，謝謝賴阿姨，還有真的很抱歉。」

「沒事，朋友吵吵架很正常，而且這對家峯也是件好事。」她擺擺手，話鋒一轉，「對了，你要我今天多給你一點時間，是要做什麼呢？」

「我要幫賴阿姨實現一個願望。」

「什麼願望？」

「保密，快到家時再跟妳說。」男孩笑得神秘。

車子準備開到男孩家時，他伸手向前方一指，請她繼續朝某條路行駛。

十分鐘後，兩人在一座占地廣大的公園前下車。

看見種植在步行道旁的一整排美麗櫻花樹，賴甄苓驚豔不已，回頭對男孩說：「你特地帶我來看櫻花啊？」

「嗯，賴阿姨昨天不是說，想跟吳曜銓一起看櫻花嗎？之前我就發現這座公園的櫻花樹開得很漂亮，我就決定在今天帶妳過來看看，作為這兩週的謝禮。」他靦腆一笑。

「謝謝，你真貼心。這禮物很棒，我非常喜歡。」她感動地說。

「那就好。」

男孩看著她，忽而想起了什麼，柱著拐杖往櫻花樹下走去，低頭尋找一會兒後，他彎身拾起一朵造型完整的櫻花，回到賴甄苓面前，請她別動。

將那朵櫻花輕輕插在她額邊的頭髮上，男孩揚起明亮的笑容，告訴她：「賴甄苓，妳很漂亮。」

賴甄苓驀然一呆。

約莫三秒，她才反應過來，「什麼？」

男孩呵呵道：「妳說過，妳很遺憾以前沒讓初戀幫妳戴上櫻花髮夾，聽他說妳很漂亮，所以我想這麼做做看，我手邊沒有櫻花造型的髮夾，所以就用真的櫻花代替，再假裝是賴阿姨記憶中的那個吳曜銓這麼對妳說，不知道能不能讓妳有少一點遺憾的感覺？」

賴甄苓看著男孩澄淨的眼眸，滿意地點點頭，「嗯，好像真的有遺憾被彌補的感覺。」

「真的嗎？太好了。」他笑瞇了眼睛，轉頭指向不遠處的一顆櫻花樹，「我覺得那顆櫻花樹特別漂亮，賴阿姨要不要走近點瞧瞧？」

也許是眼前的櫻花過於繽紛美麗，讓賴甄苓一時有些恍惚，情不自禁對著眼前男孩的背影，輕輕呼喚一聲：「吳曜銓。」

男孩腳步一滯，轉過頭來時，臉上出現意外的表情。

「賴阿姨，妳在叫我嗎？」

她驀地回神，鈍鈍點了頭，「對，我在叫你。」

「終於聽到賴阿姨叫我的名字了耶。」

男孩笑容可掬，彷彿真的很高興。

看著這樣的他，賴甄苓不由得再度想起那張明信片上的文字。

得知妳走過生病的幽谷，拾起寫作的夢想，我真心為妳高興。

年少時初次接觸妳的文字，就覺得妳其實很適合走這一條路。

知道妳依然喜歡櫻花，我便選了這張明信片祝福妳，與從前送給妳的風格有點類似，希望能為妳帶來力量。

我的女兒很喜歡妳的書，今後也會繼續支持妳的作品。

祝身體健康，平安順遂。

初次看見這樣的內容，賴甄苓並沒有馬上想起過去的那段回憶。

上天讓她遇見這個男孩的用意，或許就是為了讓她知道，她青春裡的那個男孩，曾經重返她的世界。

當然，寫下這張明信片的人，也有可能根本不是吳曜銓。但當她與眼前的男孩一同站在櫻花樹下，賴甄苓不介意製造一場甜美的夢境，讓自己暫時回到那段青澀歲月。

「希望明年能和賴阿姨跟陳家峯，以及小明三人一起去看櫻花。」

目送男孩踏進大樓不久，賴甄苓就收到對方傳來的這條訊息。

回程的路上，看見手機螢幕上的來電名字，她按下接聽。

「兒子，怎麼啦？」

「媽，妳快到家了沒？」陳家峯的聲音有氣無力。

「還要一點時間，我臨時到其他地方辦點事，稍微耽擱了。」

「是喔？那……吳曜銓今天有沒有跟妳說什麼？」

「有，他說他惹你生氣了，但沒告訴我原因，你真的生氣了嗎？」

「大概吧。」

「什麼叫大概？有還是沒有？」

「唉，我也搞不懂，我現在心情很複雜。那傢伙今天非常奇怪，一點也不像是平常的他，說了一堆莫名其妙的話，不曉得是怎麼了……」

陳家峯這句話的口吻，比起憤怒，聽起來更像是擔憂。

賴甄芩不問對方說了什麼話，只回：「那你會討厭這樣的他嗎？」

他過一會兒才回應，「是不會。」

「那就好啦，不管是昨天的吳曜銓，還是今天的吳曜銓，不都是吳曜銓嗎？」

「媽，妳在說什麼？」

「我是在說，如果吳曜銓肯讓你看見不同以往的另一面，你應該高興，因為這表示對方是真心想把你當朋友。」

陳家峯再度沉默，最後嘟囔：「我知道啦，但我現在還是很煩惱。總之，媽妳快回來，我需要跟妳談談。」

掛掉電話後，賴甄苓噗哧一聲笑出來，等不及將近日發生的事跟鍾瑩分享。

停紅燈時，忽然有什麼從她的眼前飄下，她嚇了一跳，伸手握住那個東西，定睛一瞧，竟是櫻花的花瓣。

看了眼後視鏡，她發現男孩今天為她戴上的那朵櫻花，居然還在頭上。

『賴甄苓，妳很漂亮。』

耳邊響起男孩的聲音時，她彷彿也在腦海中看見一個穿著制服，嬌羞站在鏡子前，將櫻花髮夾戴在頭上的十六歲少女。

吳曜銓，謝謝。

在心裡回應男孩的同時，賴甄苓也回應了記憶中的初戀男孩。
今年的花季還未結束，她已經開始期待下一個花季。

PART

two

蝴蝶

鄧志祺一直都不擅長與父親相處。

兩年前母親過世後，這種情況就更嚴重了。

從小他對父親的印象就是不苟言笑，嚴肅寡言，讓他從小就畏懼父親，難以拉近距離，更不曾與對方交心，即使當了他二十二年的兒子，鄧志祺還是相當不了解他。

最近他遇到一個關於父親的煩惱。

同學某天跑來告訴他，資管系三年級的余詩嘉想與他見面，讓倪志祺十分詫異。余詩嘉是他們學校的知名美女，也是眾多男生眾星拱月的對象，為何她會注意到他？還想要找他？

帶著好奇不解與些許緊張的心情，鄧志祺透過傳話的這位朋友，跟余詩嘉在翌日午後，於大禮堂附近的安靜場所單獨見面。

臉上化著淡妝，一身簡約輕便裝扮的余詩嘉，禮貌地與鄧志祺打過招呼後，開口問了他一個問題。

「請問你的父親是鄧岳雲先生嗎？」

鄧志祺眼底閃過一抹訝異，馬上點頭，「對，妳怎麼知道？妳認識我父親？」

對方搖首，「是我的母親認識，她年輕時曾經當過你父親的學生。」

「學生？」

余詩嘉隨即解釋，大約二十三年前，她的母親有在一間名為「水城畫室」的地方學習過幾個月的水彩畫，當時指導她的老師就叫鄧岳雲。得知水城畫室的地址，余詩嘉找了過去，發現那裡已變成一間商務旅館。後來她順利聯繫上地主，對方正是當年水城畫室的老闆，跟鄧岳雲是老朋友，對方給了她鄧岳雲家裡的電話號碼，還提供對方的兒子與她讀同間大學的這個情報，得知對方是心理學系四年級的鄧志祺，余詩嘉就決定先與他見上一面。

「我爸爸曾經是繪畫老師？」

鄧志祺呆滯，忍不住再三確認，強烈懷疑她說的其實是跟父親同名同姓的其他人。

「對，你不知道？」余詩嘉對他如此驚愕的反應感到疑惑。

「……我確實不知道，我爸從沒提過他年輕時當過繪畫老師，我甚至不曉得他會畫畫。」他坦言。

「真的？」

「對。」壓下五味雜陳的情緒，鄧志祺好奇問下去：「那妳突然打聽我爸爸的消息，是什麼原因？莫非跟妳母親有關？」

「是的，如果可以，我希望你的父親，能夠答應跟我母親通個電話。」

「通電話？為什麼？」

「今年年初，我母親罹患失智症，很多事都不記得了。而不知道為什麼，她失智後，時常說自己曾經在某間畫室學過畫畫，還說想念那裡的老師，可這件事，先前我們從不曾聽她說過。」

聞言，鄧志祺隱隱嗅出一絲不尋常。

「她說想念的老師，指的就是我爸爸嗎？」

「我想是的，因為我問她想念的是哪一位老師，她只說出你父親的名字。我媽媽也還記得那間繪畫教室的名字叫水城，正是那位老闆的名字，網路上仍然可以找到當年教室的位置。」

語落，余詩嘉專注看著他的眼睛，語氣誠懇道：「我知道我提出的要求相當唐突，也會給你們帶來困擾，但我母親自從失智，身體狀況也跟著變差，因此下個月我哥就要帶著她搬去花蓮，讓她在環境清幽的安養中心好好休養。但在此之前，我希望我母親有機會可以與她思念的那位老師重新聯繫上，不必見面，只要通電話就好。若你願意幫我向你父親問問看，我會非常感激的。」

她殷切的眼神，讓鄧志祺陷入天人交戰，最後硬著頭皮答應下來，「好，那我先幫妳問問看。」

余詩嘉喜逐顏開，「謝謝你。」

「但我有個問題，妳母親還有提到關於我爸的其他什麼嗎？老實說，聽完妳的敘述，我總覺得妳母親跟我父親的關係……似乎有點不太尋常。」

「喔，的確，你會有這種感覺很正常。」她彎起那對細長漂亮的眼睛，將垂落在臉上的髮絲勾到耳後，不好意思地說：「其實，我也不能說百分之百清楚他們的關係，我能確定的是，我母親以前很仰慕你父親，也對他傾心過。你父親離開水城教室後，我母親就沒再見過他了。」

「他們在一起過嗎？」

「沒有，當年我的母親是單戀，自始至終都沒有向你父親表明心意。你父親似乎是我母親的初戀，不知道是不是這個理由，即使她現在已經忘了許多，依然對這段往事難以忘懷。」

鄧志祺啞然，「那妳決定這麼做，妳家人不會介意？妳父親同意嗎？」

「我父親五年前就過世了，雖然我還沒告訴其他家人，但只要你父親同意，他們絕不會反對。」她的態度篤定。

他抿了抿嘴唇，「我知道了，能告訴我妳母親的名字嗎？」

「當然，我母親叫倪悅，人兒倪，喜悅的悅，今年五十一歲。」

「好。」他默默記在心裡，「妳說希望他們能通個電話，但具體是要做什麼？讓我父親跟妳母親聊聊天嗎？」

她快速搖頭，擺擺手回：「不用聊天，只要接聽我母親的電話就行了。」

「什麼意思？妳是說，我爸爸只要接電話，不必開口說話？」他傻眼。

「是的，因為我想盡可能減輕你父親的負擔，所以他不用真的跟我母親說什麼，只要願意一週接聽一次我母親的電話就足夠了。通話的時間，也能由你父親決定，只要他開口，我們一定配合！」

見她都說到這份上，鄧志祺自然沒有意見，於是應允，「我明白了，不過我還是想先提醒，我認為我爸答應的機率可能不高，因為他的個性比較嚴肅冷漠一點，也不是很好說話。」

「沒關係，就算被拒絕也無妨，你願意替我轉達，我就已經很高興了。」余詩嘉語帶喜悅，「我從水城畫室老闆的口中得知，你父親今年五十八歲，我方便多了解一點他的事嗎？」

鄧志祺摸摸脖子，絞盡腦汁思考，「喔……我爸爸他在郵局上班，平時唯一的嗜好是看歷史劇，他個性嚴謹，做事一板一眼，就很普通的一個人，沒什麼特別之處。」

「原來如此。那我拜託你做這件事，會不會讓你心裡不太舒服？」

「這倒還好，畢竟我母親也不在了，所以我沒有這層顧慮。」

她放心下來，「那就好，我們加個Line好嗎？若你父親回應了，再麻煩你通知我。倘若有需要，我親自去拜訪你父親，也完全沒問題。」

得到萬人迷余詩嘉的聯絡方式，鄧志祺卻發現自己沒有太多的喜悅之情，因為他已經開始煩惱該怎麼跟父親開口。

他無法想像，小時候只要看見他在塗鴉，就會把他的畫筆跟塗鴉本沒收走，板起面孔叫他用功讀書的父親，居然當過繪畫老師，就連母親生前都沒跟他提過。

余詩嘉說的那位水城老闆他也認識，對方是父親國中就認識的朋友，是一位和藹可親的叔叔，他記得對方說過自己以前開過一間繪畫教室，卻從沒提到父親曾經在他的教室裡教過課。

雖然想找水城叔叔問清楚，但他最後還是決定跟父親做確認，畢竟他有比這更重要的事要做。

那天晚上，他和父親吃完晚餐，父親就到客廳看他的歷史劇。鄧志祺一直等到片尾曲的音樂響起，才踏著忐忑的步伐來到父親的身邊。

「爸，我有件事想問你。」

「什麼事？」

「你以前是不是在水城叔叔經營的繪畫教室裡當過畫畫老師？」

父親一聽，臉上沒有任何變化，卻沉默了整整五秒鐘。

「水城叔叔跟你說的？」

「不是，是我的大學學妹。」

鄧志祺接著將余詩嘉說的事轉述給父親聽，為了不引起父親的反感，他刻意先將倪母曾經暗戀他的這個部分省略掉，並找出余詩嘉的Instagram，把她的照片拿給父親看，讓他知道這不是惡作劇。

「爸對倪悅這個人有印象嗎？」

「沒有。」

「真的？完全沒有？」

「當然，都二十幾年前的事了，怎麼可能會有印象？」父親眼神依舊淡漠，看起來不像在說謊。

「那……你願意幫我學妹這個忙嗎？」

原以為父親會二話不說斷然拒絕，沒想到他回：「好。」

「真的？爸你願意？」鄧志祺不敢相信自己的耳朵。

「怎麼？你不想要我幫嗎？」他的反應引來父親疑惑的注視。

鄧志祺猛搖頭，不小心結巴，「不、不是，我以為你不會答應。」

「這點程度的小忙，幫一下沒什麼大不了。跟你學妹說，就請他們在星期日早上九點鐘打到家裡，我會接。」

「好，知道了。」

鄧志祺愣愣頷首，不可思議望著父親的側臉。

通知余詩嘉這個好消息後，對方如他所想的非常開心，請他轉達謝意的同時，也保證一定會在父親說的時間打到家裡。

平時週末都會多睡一點的鄧志祺，星期日早上竟然七點就醒了。

為了不讓父親以為他是為了這件事特地早起，鄧志祺沒有馬上下樓，九點鐘一到，他就聽見家裡的電話鈴聲大作，心臟猛然一跳，等到電話停止作響，他才踏出房間，輕手輕腳走下樓梯，躲在樓梯口豎耳細聽客廳的動靜。

半分鐘過去，鄧志祺什麼也沒聽見，忍不住將頭探出去，結果就看見父親佇立在電話前的身影。

父親將聽筒握在右耳邊，並背對著他，因此他無法知曉父親現在是什麼表情。

見父親在五分鐘後一聲不響地將話筒輕輕掛回去，鄧志祺馬上溜回二樓，不久，他就聽見廚房傳來清洗東西的聲音，父親像平常一樣開始做起家事。

就這樣？沒了？

鄧志祺不由得覺得匪夷所思。

雖然余詩嘉說父親可以不用開口，但他沒想到，父親真的會從頭到尾不說一句話，就結束掉這通電話。

半小時後，鄧志祺終於下樓，看見父親已經回到電視機前看新聞，用若無其事的語氣告訴他早餐在餐桌上，叫他去吃。

早餐吃到一半，鄧志祺就收到余詩嘉傳來的訊息。

她慎重感謝他的父親今日與她母親通話，還說她的母親非常高興。

那一刻，鄧志祺忽然很想知道，余詩嘉的母親剛才在電話裡是否說了什麼？但想到這樣問似乎有點冒犯，於是忍了下來，只回了一句「不客氣」給對方。

兩天後的下午三點，已經結束課程的鄧志祺，在炎炎夏日回到家中，發現手臂跟小腿被蚊子叮出了兩個大包，癢得難受，於是到電視櫃的抽屜裡找藥膏擦，卻發現藥膏罐沒出現在平常的位置，猜到父親可能又拿進房間裡使用，便往父親的臥室走進去。

最後，他順利在父親的床頭櫃上找到了藥膏罐，卻也發現令他驚訝萬分的東西。

經過父親的桌子時，他眼角餘光瞥見擺在上頭的幾本書底下，似乎有什麼東西被壓著，當他好奇地小心將其抽出一看，發現那是一張八開的白色畫紙，而且畫紙上有幾隻用水彩繪製出的藍色蝴蝶。

當鄧志祺意識到，這些栩栩如生的美麗蝴蝶，很可能是父親畫的，他便動手打開父親桌子的每一個抽屜，並在最底層的抽屜找到一組水彩用具，也發現購買這些物品的收據，證實是父親在昨天買下的。

鄧志祺不免懷疑，父親是在跟倪悅通過電話之後，決定買下這些東西，並畫出了這樣的一幅畫，卻無法肯定這只是父親的隨意發揮，還是這些藍色蝴蝶真的跟倪悅有什麼關聯。

父親說他不記得倪悅，這句話是實話嗎？

二十三年前，他跟倪悅之間真的什麼也沒有？

抱著這份懷疑，接下來的幾天，鄧志祺會趁著父親不在家時，偷偷溜進他的房間，卻沒發現父親有新增的畫作。

到了週日，他在早上九點鐘，看見父親接起倪悅的電話，並再次一路沉默到通話結束，隔天，他就在父親桌子的抽屜裡找到新的藍色蝴蝶畫作，內心因此更加確定父親是因為倪悅才會繪製出這些畫。

然而，當他傳訊息向余詩嘉隱晦探問，她的母親是否有特別喜歡的東西，余詩嘉舉出不少項，但就是沒有一個跟藍色蝴蝶有關係。

無法直接開口問父親，李志祺只好瞞著父親私下去找水城叔叔，看看能否問到什麼線索。

「為什麼叔叔你從不告訴我，我爸曾經在你的繪畫教室裡教過課？

你是刻意隱瞞的嗎？」鄧志祺一臉疑惑。

「是啊，你爸叫我別說的，他說沒必要說，反正他不會再畫畫了。」陶水城笑容慈藹，「那時你爸一邊準備公務員考試，一邊在我的畫室工作了三年。考上之後，他就辭職了，不久與你母親相親結婚。在你出生那一年，我也把繪畫教室收掉了。」

「為什麼我爸不再畫畫了？」

他用粗厚的手指摩挲著下巴，「我想是因為妳爸年輕時在這條路上吃不少苦，加上你爺爺奶奶一直嘮叨著畫畫沒飯吃，逼他去找個穩定的工作，要不然娶不到老婆；你父親是獨子，加上又三十幾歲了，壓力自然會大，因此當他考上公務員，也就對畫畫沒有留戀了吧。我想你爸是想就此斷了那段艱辛的日子，才決定不再畫畫了。」

也不知道為什麼，想到父親如今已再重拾起畫筆，鄧志祺就覺得這並不是真正的原因，但他沒說出來，繼續問下去：「那我爸在跟我媽結婚前，有過別的交往對象嗎？」

陶水城大笑，「沒有，你爸爸從小就很笨拙，只會安安靜靜地埋頭畫畫，根本不懂得跟女生相處，即使變成大人也一樣，所以我很確定你爸爸這輩子就只有你媽媽，沒有別的女人。」

「所以說，我爸遇見我媽前，甚至連一個喜歡的女生都沒有？」

「這個嘛……我是記得從前在教室，曾經有一個女學生，感覺和你爸挺不錯的，但你爸有沒有喜歡她，我不確定。」

他眼睛一亮，「你知道是誰嗎？」

「我原本都已經忘記了，但是前陣子，你那個長得很漂亮的大學學妹找到了我，跟我說她母親倪悅的事，並讓我看她母親以前的照片，我便想起來是她，而且妳學妹和她母親年輕時長得很像；我依稀記得，以前倪悅總會穿著一襲漂亮的長裙，頭上綁著大大的蝴蝶結來上課，差不多有待了半年左右吧，是個很認真的學生。」

聽到關鍵字，鄧志祺的心猛地一跳，追問：「蝴蝶結？是藍色的嗎？」

「呵呵，我不知道，叔叔的記憶沒那麼好。」他搖頭。

「倪悅當時和爸真的有曖昧？」

「我是隱約有這種感覺，可是有一天，倪悅竟然帶了一個約莫四、五歲的小女孩來上課，把大家嚇了一跳，當時沒人料想到她已經有了孩子。」

「確定是她的孩子嗎？」

「是啊，孩子都喚她媽媽了，後來聽說她上面還有一個兒子呢。」

「我爸之前知道這件事嗎？」

「他不知道，事後我去問你爸，他說倪悅也沒跟他說過。」

鄧志祺怔怔然，「那後來呢？」

「後來？你爸就離職了，過一段期間，倪悅也沒再來上課了。」

聽到這裡，鄧志祺腦中不由得浮上一個揣測。

倘若父親以前真的喜歡倪悅，卻發現倪悅原來已經結婚生子，大受打擊之下，決定離開倪悅，也不是沒可能；而且照水城叔叔所言，當時倪悅帶去繪畫教室的小女生，不會是余詩嘉，應該是余詩嘉的姊姊。

這就表示，倪悅在有了丈夫跟孩子的情況下，卻還對父親動了心。

但倪悅那時會決定將小孩帶去教室，讓喜歡的人看見，是抱著什麼樣的用意？難道是她已經感覺到父親對自己的心意，想讓父親死心？還是只是純粹想試探父親的反應？

鄧志祺覺得這兩種理由都不太合理。

與陶水城聊過後，鄧志祺的心裡雖然已經肯定父親畫的那些蝴蝶，代表的意義就是倪悅，但他卻還沒找到更關鍵的證據。

第三個週日，鄧志祺再也按捺不住好奇，決定做出一件十分冒險的事。

當父親在九點鐘接起電話，他也輕輕拿起二樓的電話話筒，偷聽兩人的通話內容。

然而他沒在話筒裡聽見說話聲，只聽見一個女人在唱歌。

第一次聽到倪悅的聲音，鄧志祺屏息細聽，很快發現她用著輕柔緩慢的甜美語調，反覆清唱一首耳熟能詳的歌曲。

是生日快樂歌。

唱完第十遍的生日快樂歌後，這通電話便靜悄悄地結束了，而如他所料，父親的聲音自始至終都沒有出現過。

隔天再從父親的房間裡找到新的蝴蝶畫作，鄧志祺最後決定找余詩嘉見面，除了坦白招供偷聽她母親的電話，他也將前陣子從陶水城口中問到的事，包括父親畫的那些藍色蝴蝶，全部說給余詩嘉知道，希望可以從她身上獲得解答。

「其實，我也很意外我媽媽會對你爸爸唱生日快樂歌。」余詩嘉搖搖頭，詳細敘說當時的情況，「我哥說，第一次他幫媽媽打電話到你家，告訴她鄧岳雲老師就在另一頭聽，我媽接過話筒後，就忽然直接唱起這首歌，而且一唱就是十遍，我們也都不明白這是為什麼，而媽媽也無法回答我們。所以我想，真正知道理由的人就只有你爸爸了，或許你可以問他。」

「嗯。」鄧志祺咬咬脣，遲疑地再開口，「那麼，當年妳的母親，她究竟……」

余詩嘉嫣然一笑，「你想問我媽當年是不是腳踏兩條船，對吧？我知道任何人聽到這些都會誤解，但實際情況其實不是你所想的那樣。」

「怎麼說？莫非妳母親當年帶去畫室的那個小女孩，其實跟你們無關？」

「不，那個小女孩確實是我的姊姊，不過實際情況有點複雜，我跟我的哥哥姊姊，其實是同父異母的關係。我爸足足大我媽媽二十二歲喔。」

「真的？」他瞠目。

「真的，所以一開始，我爸是把我媽媽當作女兒在疼的。我媽年輕時，在我爸開的工廠當女工，那時我媽遭到家人長期家暴，我爸於心不忍，決定解救她；而我爸的前妻已經過世，留下兩個年幼子女，就是我的哥哥跟姊姊。我爸為了保護我媽，決定娶她，我媽也很樂意幫他照顧孩子；雖然他們變成夫妻，但彼此還沒萌生出愛情，依舊像是父女的關係，我這樣說，你能理解嗎？」

「可以。」鄧志祺頷首。

余詩嘉微笑說下去：「我媽是在二十五歲時嫁給我爸，她非常用心地在照顧我哥哥跟姊姊，所以他們都很喜歡我媽，也相當依賴她；而我媽二十八歲時，到水城畫室去學畫畫，在那裡遇見你爸爸，對他動了心。其實，只要我媽媽想，她可以去追求自己的幸福，我爸爸也會同意讓她走，可是她最後卻沒這麼做，因為她捨不得丟下我哥哥姊姊；而當年我媽會帶我姊去畫室，是因為我姊那天硬要黏著我媽，她才不得不這麼做。我媽讓你爸爸看到這件事，又不做解釋，我想，這表示我媽媽真的沒想過要放棄家庭，也下定決定要放棄這段感情了吧。」

鄧志祺一時不知該說些什麼，心中情緒難辨，喉嚨也有些乾澀。

「妳是如何知道這些事的？是妳媽媽跟妳說的嗎？」

「不是。」她從包包裡拿出一本老舊泛黃的手冊給他，「這是昨天我姊在我媽的私人置物盒裡找到的，是我媽年輕時寫的札記，裡面剛好有紀錄到這件事，還有一些關於你父親的事；就這麼剛好，你也在這時候發現你爸爸的祕密，所以我打算在今天把這個拿給你看。」

接過手冊小心翻開看，鄧志祺果真在倪悅的文字裡，找到了父親的名字。

倪悅寫到，當年在水城畫室遇見父親，她就漸漸被他用心教課的態度，以及嚴謹斯文的氣質吸引，內容充滿著對他的仰慕和欣賞；而倪悅也的確有提及不得已帶著女兒去畫室的情形，還有寫下得知父親離職後，她感傷失落的心情。

通篇讀下來，鄧志祺發現倪悅大都是紀錄她對父親的想法跟心情，但對於他們之間所發生的事，包括是否曾有更近一步的接觸，鄧志祺幾乎沒有看到，不知道是倪悅刻意不寫，還是她跟父親真的什麼也沒有。

若是後者，父親畫的藍色蝴蝶代表什麼？倪悅唱的生日快樂歌，對他又有怎樣的意義？鄧志祺依舊是想不明白。

將手冊還回去，他問余詩嘉：「我聽說妳和妳母親年輕時長得很像，我可以看看妳母親的照片嗎？」

「好啊。」

余詩嘉從自己的手機裡找出一張照片，遞到他面前，「這是我一歲時的照片，那時我媽三十一歲。」

看到臉上脂粉未施，抱著一歲女兒的倪悅，鄧志祺在心裡嘖嘖稱奇，余詩嘉跟她母親的五官確實有著驚人的神似。

既然陶水城都能認得出對方，父親應該沒理由認不出來，最後鄧志祺幾乎肯定，父親在看見余詩嘉的照片時，其實就已經想起倪悅，所以才會那麼乾脆地答應幫這個忙。

思及此，他不禁好奇，父親會不會想見倪悅一面？

「這個週日，是我媽最後一次跟你爸爸通電話，下週我媽媽就會搬去花蓮了。我希望結束之後，能有機會親自跟你父親道謝，你願意再幫我問問他嗎？如果他不想，也沒有關係的。」余詩嘉誠心誠意道。

「喔，好啊，我幫妳問。」

鄧志祺說完，猶豫一會兒，再次開口：「說到通電話，其實我心裡有一個疑問，希望妳聽了別生氣，我真的只是單純好奇，沒有惡意。」

「好，你說。」

「妳之所以促成這件事，主要是想讓妳母親開心，對嗎？」

「對呀，沒錯。」

「那麼，為什麼妳會想要真的找出我父親？如果妳只是想讓妳母親以為，她可以跟我父親通電話，卻又不需要我父親真的開口，那妳其實可以隨便找一個人假裝是我父親，然後打給她，反正妳母親也不會知道，為何要特地大費周章做出這些呢？」

余詩嘉沉默下來，眼神也一下子變得黯然。

「這是因為，對於我媽媽生病的事，我跟哥哥姊姊他們都非常難過。她照顧我爸爸多年，將我們三個孩子拉拔長大，好不容易可以享清福，卻在這個時刻罹患失智症。我只要想到，我媽辛苦一輩子，甚至為了沒有血緣關係的孩子，放棄過自己的幸福，如今也無法再用健康的身體，好好享受人生，我就很心痛。所以當我知道媽媽曾經有過的遺憾，我就無論如何都想幫她找到那位鄧岳雲老師，希望能在還來得及的時候，將我媽媽當年說不出口的心意，傳達給對方知道。」

鄧志祺立刻從背包裡拿出一包乾淨面紙，遞到眼泛淚光的女孩面前，歉然道：「對不起，我不是故意害妳傷心的。」

「我知道，沒關係。」

余詩嘉破涕為笑，抽出一張面紙，低頭擦拭不小心流下臉龐的淚水，「不好意思，我只要說起我媽媽的這件事，就會忍不住想哭。我媽失智不久，就被發現肝臟出現病變，最後我姊捐肝給她；如今我哥也不惜放下做了許久的工作，決定陪媽媽到她的老家花蓮生活。」

「能被你們三個孩子這樣愛著，就表示妳媽媽的付出得到了回報。妳媽媽非常偉大。」

鄧志祺語帶由衷，想起自己因病過世的母親，一時不禁跟著微微鼻酸。

「謝謝你。」余詩嘉穩住情緒，吸吸鼻子說：「學長，我可以再拜託你一件事嗎？假如你父親最後有告訴你，為何我媽媽會對他唱生日快樂歌，以及他會畫出那些藍色蝴蝶的原因，也請告訴我好嗎？我想要知道。」

鄧志祺答應了。

週日九點，他在二樓再度偷聽父親和倪悅的電話。

這次，倪悅一樣唱了十遍的生日快樂給他聽，而父親一樣一路沉默。

等兩人都掛斷電話，鄧志祺內心五味雜陳，難以想像這就是他們的最後一次通話。

真的就這樣結束了？

到了一樓，鄧志祺走到在看電視的父親身邊。

「爸，我學妹說，她想親自向你道謝，問能不能找個時間拜訪你？」

「不用了，沒必要這麼做。」父親淡淡回。

鄧志祺沒有就此轉身走開，反而在父親的身旁坐下。

「那個……有件事我之前沒說。」緊張地深呼吸後，他對父親開口：「其實我學妹有告訴我，她的母親從前在水城畫室上課時，是喜歡爸你的。」

見父親毫無反應，鄧志祺一不做二不休，繼續將倪悅的故事，以及當年可能讓父親產生「誤會」的那件事，通通說了出口。

「爸，你是怎麼想的？」

「什麼怎麼想？」父親終於出聲。

「就是……你後來決定離開水城畫室，與媽相親結婚，從此跟倪悅斷了聯繫，是不是跟你發現倪悅已經結婚有小孩，有那麼點關係？當年你也喜歡倪悅嗎？」

「我是因為考上了公務員，才會無法繼續留在那兒工作。」

見父親沒有正面承認，也沒有明確回答是否喜歡倪悅，鄧志祺再度鼓足勇氣，鍥而不捨問下去：「那你為什麼再也不畫畫了？還有，為何你在與倪悅開始通電話之後，就重新再拿起畫筆？其實我有在爸的房間裡發現幾張水彩畫作，那是爸畫的吧？你會開始畫那些藍色蝴蝶，是因為倪悅，對不對？」

原以為父親接下來會大發雷霆，為他侵犯隱私的事狠狠痛斥他一頓，沒想到父親仍是無動於衷，讓他感覺更不對勁。

「爸，你這是默認了嗎？」他小心翼翼問。

「隨你怎麼想吧。」

聽父親如此回覆，鄧志祺便肯定他這是承認了。

「你不氣我隨便跑進你房間去？」

「有什麼好氣的？我早就知道了，也清楚你都在樓上偷聽電話。」

鄧志祺大驚，當場臉頰發燙，「真的假的？那你怎麼不告訴我？」

「因為我知道你會好奇，與其攔你，不如由你去，免得你胡思亂想。」

他呆呆看著父親的臉，對這個答案深感意外。

「既然如此，爸你可不可以告訴我，你為什麼要畫那些藍色蝴蝶？倪悅又為什麼要對你唱生日快樂？我是真的很想知道，我也不會因為媽，就感到不高興的。」

父親靜默不動，深沉的目光彷彿穿過電視螢幕，停在更遙遠的某處。

最後，他終於聽見父親開口說出二十三年前的一段往事。

三十五歲的鄧岳雲見到二十八歲的倪悅，只覺得她是個長得漂亮，個性溫柔開朗，上課認真的一個女生，兩人在相處上也挺融洽，並沒有對她產生其他想法。

直到有一天，倪悅忽然請他在課程結束後，在教室裡留一會兒，當學生們都走掉，倪悅就端著一份插著蠟燭的四寸水果蛋糕出現在他面前。

倪悅曾在閒談中不經意問過他的生日，結果她不僅默默記在心裡，還在鄧岳雲生日這天送上驚喜，用靦腆的笑容感謝他這段時間的用心教導；為鄧岳雲唱生日快樂歌時，倪悅還覺得唱一遍太短，一口氣唱了十遍給他聽。

在此之前，倪悅對鄧岳雲而言，只是眾多學生的其中之一，但自那天起，他發現倪悅在他心中的意義，已然變得不同。

鄧岳雲沒有在察覺到這份心情之後，對倪悅展開追求，而是繼續與對方保持平時的互動，但往後他落在倪悅身上的每一個眼神，都隱含著一抹若有似無的溫柔。

直到倪悅那日帶著女兒出現在教室裡，間接宣告她結婚的事實，那樣的心情便戛然而止，不再繼續下去。

聽完這段往事，鄧志祺總算解開生日快樂歌之謎。

「水城叔叔說，倪悅過去總是會在頭上繫一個蝴蝶結，所以你才會想要畫蝴蝶嗎？」他好奇問。

「嗯。」

「那為什麼會是藍色的呢？」

父親無聲地吁一口氣，才輕描淡寫道：「她送我生日蛋糕的那天，身上穿了一襲藍色的裙子，聽到她電話裡唱生日快樂歌，我就想起這件事。」

鄧志祺恍然大悟。

父親的這個祕密藏得太深，若非從本人口中問出，他應該永遠都不會想通這個答案。

凝神觀察父親臉上的表情，鄧志祺決定問出口：「爸，當你知道倪悅那個祕密的真相，也知道她當時對你的心意，會覺得惋惜嗎？會想再見到她嗎？」

父親不假思索搖頭，「不會，那都過去了，也沒什麼好惋惜的，現在我只希望她能早日恢復健康，幸福過日子。」

「但你都因此決定再提筆畫畫了，難道不是表示你很思念她？」

「我早就已經遺忘了那段往事，只是因為這次忽然聽倪悅唱起那首生日快樂歌，我就想起許多年輕時不得不放棄的事，因此一時興起這麼做，沒什麼特別的涵義。」

停頓幾秒，父親沉聲說：「說到思念的人，還是你的母親。」

鄧志祺默愣住，這是他這兩年來，第一次聽到父親親口說想念母親，而且還是在他的面前說。

而他也聽出，父親口中所謂不得不放棄的事，除了對倪悅的心意，還有長年以來的夢想。在知道這段感情不會有結果之後，他便毅然決然將這些過去一併捨棄，開始新的人生。

「不過，倪悅確實是爸的初戀吧？」

「什麼初戀不初戀？無聊。」

父親擰起眉頭，嘴裡碎唸一句，目光繼續緊盯著電視，不知道是不是不好意思了。

鄧志祺在心裡笑起來，「那爸還會繼續畫下去嗎？」

「不知道，應該不會了。」

他瞪大眼，「為什麼不會？你好不容易才再開始畫的，為什麼不繼續？就這樣再次封筆多可惜？」

「因為已經沒什麼好畫的，我說過那只是我一時興起。」

鄧志祺急起來，繼續勸說：「但這樣真的很可惜啦，如果爸不知道畫什麼，可以畫媽媽啊，要不然你就教我畫好了。總之，我希望爸繼續畫下去，不希望你就此停止。」

父親沉吟許久，最後轉頭靜靜看他，問了句：「你還有在畫畫嗎？」

「現在……是沒有了，但我也可以再繼續啊。」

「算了，你不必勉強。」

「我沒有勉強，我真的可以啦，要不是你跟媽從前老是限制我畫畫，搞不好我現在比你還厲害。」被父親這麼一激，鄧志祺忍不住開始牽拖。

「我限制你，是因為你經常為了畫圖而耽誤功課，也總是在不該畫圖的時候這麼做，結果挨你媽媽的罵。當你考完試，或是放假時窩在房裡畫畫，我哪一次有阻止你？」

鄧志祺又愣住，並且開始認真回想，最後發現似乎真是父親所說的那樣。

「所以爸你其實並不反對我畫畫？」

「你是我兒子，會做些像我的事，本來就不奇怪，但最後你沒堅持下去，是你自己的問題，別推卸到別人的身上。」

父親訓他一頓後，就拿起桌上已經喝光的空水杯，起身往廚房走去。

鄧志祺摸了摸頭，不久冷不防想到一件事，立刻去到廚房找父親。

「爸，我問你，你畫的那些藍色蝴蝶，可不可以讓我送一張給學妹？我請她交給她媽媽。我覺得若倪悅知道那是你畫的，一定很高興，說不定還可能對她的病情有幫助。」

站在飲水機前的父親沉吟片刻，最後回：「隨便你吧。」

「太好了，那等等爸你跟我一起挑，看看哪張你最滿意，我就給學妹那一張。」鄧志祺高興地說。

聞言，父親忽然認真望他，「你在追你學妹嗎？」

「啊？沒有啊。」

「沒有就好。」

父親按下飲水機的按鈕，將杯子裡的溫水裝到八分滿。

他不解，「什麼意思？為什麼沒有就好？難道你不希望我追學妹？」

「對方條件太好，你配不上人家。」

鄧志祺瞪圓雙眼，不可置信地喊：「爸，你怎麼這樣啊？」

父親輕輕笑了兩聲，就端著盛好的水杯走出去。

鄧志祺怎樣也沒想到，倪悅的出現，會讓他看見不一樣的父親，更感覺與父親稍微拉近了距離，甚至開始想要珍惜與父親在一起的這些時光。

即使錯過，倪悅的告白，依舊穿過時間與記憶，來到父親的身邊，這令他深深動容，彷彿見證了一場不可思議的際遇。

因此這一次，鄧志祺同樣真心盼望，父親筆下的那些美麗蝴蝶，也能穿過時間與記憶，將父親當年無法說出的心意，傳遞到對方的心中。

PART

three

沄生

沄生的告別式結束，弔唁的洶湧人潮逐漸散去，陸寧之這才清楚看見安靜站在會場角落的少年。

連日睡眠不足讓他眼下一片烏青，他空洞疲憊的目光，始終聚焦在沄生的遺照上。那是女孩生前最喜歡的一張照片，穿著白色洋裝的她神采奕奕，臉上笑靨如花，像極了純潔美麗的天使。

少年名叫范禹恩，是沄生的男友，沄生高三的冬天，被醫生診斷出罹患胰臟癌末期。這場惡疾來得急速兇猛，不到半年，沄生就在過完十八歲生日的隔日，與世長辭。

從沄生過世到告別式，少年每天都來女孩家裡幫忙後事，他對女孩的付出，沄生的家人全看在眼裡，對他有數不盡的感謝。

陸寧之走到少年身邊，溫聲勸道：「禹恩，謝謝你的幫忙，你一定很累了，後面的事交給我們，你回去休息吧。」

「沒關係，我不累。」范禹恩搖頭，表現出想留下的態度。

沄生的哥哥張流生也走過來，口氣裡有不容拒絕的堅決，「禹恩，我幫你叫車，你回去吧，你該好好睡一覺了。不用擔心這裡，有什麼事，我們會通知你。」

當沄生的父母也都加入勸說，范禹恩只能乖乖聽話，他紅著眼眶再望沄生的照片一眼，就轉身步出會場，陸寧之陪著他到馬路邊候車。

「寧之姊，我有話想跟妳說，明天可不可以跟妳見面？」少年冷不防向她開口。

「為何要等明天？你可以現在就跟我說。」

「我想今天過後再告訴妳……請妳替我保密，別對任何人說，好嗎？」

陸寧之深深看他一眼，「好，明天上午我聯絡你。」

「謝謝。」

張流生叫的車這時抵達，陸寧之叮嚀他到家後報平安，就看著少年坐上車離去。

洗好澡回到房間，陸寧之看見張流生坐在床上翻閱一本沒見過的相簿，好奇走過去問：「那是誰的相簿？」

「沄生的。」他唇角微掀，騰出一隻手環抱住她的腰，讓她坐在身邊，「這是我二阿姨之前交給我媽，我再跟我媽要來的，是沄生過去跟二阿姨一起生活的照片。」

「什麼意思？二阿姨不是一直住在國外？難道沄生曾在國外待過？」

「是啊，我妹出生不久，就被我二阿姨帶去美國，八歲才回到我們家。」

陸寧之微微瞠目，「你怎麼沒告訴過我呢？」

「因為我們家一直以來不是很願意提及這個話題，尤其我爸媽。而且妳認識沄生時，沄生已經回來我們家四年，所以我覺得沒必要特別說出來，並不是有意隱瞞妳。」他解釋。

「為什麼你爸媽不願提及這件事？」

「我媽生下沄生後，罹患很嚴重的產後憂鬱，看見沄生就會情緒崩潰，無法照顧她，那時我爸又在外地工作，身邊沒有親人能幫忙，最後只好接受二阿姨的提議，讓她把沄生帶去國外照顧，結果這一顧就是八年。我姨丈過世後，二阿姨也因為身子變差，無法再照顧沄生，就讓她回來了。」

張流生輕輕嘆息，語氣惆悵，「當初讓沄生離開我們，是我爸媽心中的痛，所以她回來後，我們都非常寵愛她，卻沒想到沄生跟我們的緣分竟這麼淺薄，才回到我們身邊十年，我們就失去她了，這對我爸媽來說是更沉痛的打擊，我對沄生也很愧疚，我還沒能多為她做點什麼，或許沄生心裡會埋怨我們。」

「沒這回事，她怎麼會埋怨你們？你們是她最親愛的家人。」男人的低落令陸寧之感到不捨，看見沄生可愛稚嫩的照片，她也不禁紅了眼眶，「你知道嗎？我現在最深的遺憾，就是沒能來得及讓沄生知道，她就要當姑姑了，我真的很想再看到她開心的表情。」

「我也是。」他輕柔撫摸她還是平坦的腹部，不無感慨，「現在想想還是挺不可思議，浤生走的隔天，妳就發現自己懷孕了，感覺像是浤生不希望我們耽溺在悲傷裡，才讓妳在這時候察覺。」

「我也有這種感覺，這很像是浤生會有的想法。」她微笑。

張流生撥開她額上的髮絲，「為了浤生，這段時間妳也辛苦了，就照妳的意思，等滿三個月再跟我爸媽宣布這個消息，並討論我們的婚事，他們一定會很高興。」

「嗯。」

陸寧之依偎著男人，繼續和他一起欣賞相簿，沉浸在對女孩的思念裡。

◆◆◆

大四時初次到張流生家作客，陸寧之就深深喜歡上小她十歲的浤生。

沄生有一雙水汪汪的靈動眼睛，個性開朗活潑，嘴巴又甜，還常常會做出令陸寧之感動不已的貼心之舉；像是她每年都記得陸寧之的生日，還會比哥哥早一步送上祝賀；當陸寧之跟張流生吵架，沄生會陪她一起說哥哥的壞話，再想辦法讓兩人和好如初，是她見過最善解人意的女孩。

沄生高一的時候，有次將她跟哥哥找去速食店聚餐，在那裡介紹范禹恩給他們認識。與女孩熱情外放的性格截然不同，范禹恩木訥寡言，情緒不形於色，但相處過後，陸寧之發現他是個乖巧懂事的男孩，沄生的家人也都很喜歡他。知道范禹恩的家人只有爸爸，沄生的父母自然對他更加照顧，將他視如己出。

當沄生生病，開始接受治療，范禹恩每一天都會去醫院陪伴她。從不輕易讓情緒外顯的少年，直到送走沄生，都沒有在他們面前掉過眼淚，堅強得令陸寧之心疼，也擔心他會太過壓抑自己。

因此，當范禹恩那樣認真表示有話想對她說，陸寧之二話不說就答應了。

隔天上午九點，陸寧之聯繫少年後，就開車去他家接他。

「你吃過早餐了嗎？」

「吃過了。」少年的肚皮適時響起的咕嚕聲，戳破他的謊言。

陸寧之莞爾，「要是流生哥哥在這裡，你又會被他唸了。我們去吃東西，再到風景漂亮的地方走走，好嗎？」

少年訕訕頷首。

兩人到速食店用餐，看見少年手中的蘋果派，陸寧之納悶，「你不是討厭吃蘋果派嗎？」

「沒有，我不討厭。」

「咦？那沄生怎麼會說妳不喜歡？我也從沒看你點來吃過。」

「我故意讓沄生誤會的，我想讓她以為我不喜歡吃蘋果派。」

她的好奇心被勾起，「為什麼？」

少年低頭看著蘋果派，慢慢道出一段她不曾聽聞的往事。

升上高中時，范禹恩孤僻安靜的個性，曾經引來幾個男同學不懷好意的刁難，導致他後來拒絕上學，當時沄生自告奮勇替老師開導他，經常跑去范家找他聊天，鼓勵他回學校。

少年的父親為了感謝沄生的用心，每次都會到附近的速食店買熱騰騰的蘋果派招待她。沄生津津有味吃著蘋果派的滿足表情，讓范禹恩後來改口說不喜歡吃蘋果派，把自己的那份送給她吃。

女孩的溫柔陪伴，成功讓范禹恩重返校園，復學那一天，沄生親自來找他上學，並主動牽起他的手，兩人從那天起開始交往。

陸寧之聽得脣角上揚，眼神柔和，「沄生把你介紹給我們的那天，只說上她對你一見鍾情，後來主動跟你表白，但沒有說出這段隱情。她是考量到你的心情，才不說出來的嗎？」

「應該是吧，但我從沒要求沄生隱瞞，她也不曾問我可不可以說。雖然我有擔心過你們知道這件事的反應，只是最後就覺得自己多慮了。沄生的家人，還有寧之姊妳，都對我非常好，就算讓你們知道這一段過去，我相信你們對我的態度也不會變。」

「是啊，謝謝你對我們有信心。」陸寧之心中欣慰，「話說回來，是不是沄生初次去你家的那天，你就喜歡上她了？不然後來你也不會編出那個謊言，只為了看她開心吃蘋果派的樣子，你真溫柔。」

范禹恩低眸不語，似乎害羞了。

「沄生是你第一個喜歡上的女生嗎？」

「嗯。」

「哇，那你們就是彼此的初戀了，你也是沄生第一個喜歡上的男生，這是非常珍貴的緣分。」

聞言，少年沒有回話，安靜地將蘋果派吃完。

吃飽後，陸寧之把車開到碼頭，兩人迎著海風站在岸邊，眺望閃閃發亮的海平面。

「我不是沄生的初戀。」

少年的聲音剛好被海浪聲掩蓋，陸寧之沒能聽清楚，「你說什麼？」

「寧之姊，妳剛才說，我跟沄生是彼此的初戀，這不是事實，沄生的初戀另有其人。」

陸寧之愣住了。

「真的嗎？」

「嗯，而且直到最後，沄生都還是喜歡著對方。」

過了半晌，陸寧之才從這段話回神，半信半疑問：「你是說，沄生自始至終都另有心上人？她親口告訴你的？」

「對，差不多是我們交往半年的時候，忘記是什麼原因，我們討論到類似的話題，那時沄生向我坦言，遇見我之前，她的心裡一直有一個人，但她不曾將這份心意告訴對方。」

「為什麼？」

他聳聳肩，「沄生說，沒有為什麼，她就是不曾有過這個念頭。」

陸寧之凝神觀察他的表情，問出最深的不解，「既然沄生這樣告訴你，那就表示她對你的感情已然超越了這個人，你怎麼還會說，沄生直到最後仍喜歡對方呢？」

范禹恩從外套口袋裡拿出自己的手機，給她看一張用手機翻拍的照片。

那是一名男孩的背影照。

男孩坐在教室的靠窗處，後面的頭髮修得極短，鏡頭還拍到老師在前方寫黑板的身影，看得出是男孩後座的同學，在上課時偷偷幫他拍下來的。

「沄生病重到無法下床的時候，有一天她把這張照片交給了我，請我在她離開之後，將它燒掉。」范禹恩平鋪直述淡淡說著，「那時我問她，這個人是不是就是她曾經喜歡的人？沄生沒有承認，但也沒否認，她只告訴我，她最近想起自己還留著這張照片，因為不想讓其他人看見，也無法自己丟棄，只好拜託我處理。那時我就猜到，這應該不是沄生的真心話，她必然一直珍藏著這張照片。先前她那樣告訴我，是怕我傷心，其實她根本沒有真正忘記過這個人。」

陸寧之語塞，當下沒能反駁他的猜測。
「你會生沄生的氣嗎？」
他搖首，「不會。」
「真的？」
「真的，因為我知道，即使沄生最喜歡的人不是我，她對我的心意也不是虛假的。遇見沄生前，我一直很孤獨，也不曾真正感受到快樂，是沄生改變了我。能夠被她喜歡，陪伴她到最後，我已經很滿足，也沒有任何遺憾。可是沄生離開後，我發現自己遲遲放不下這個男生的事，於是我做出一個決定，這也是我找寧之姊的原因。」
陸寧之不動聲色問：「你希望我做什麼呢？」
「這個男生穿的是延華國中的制服，沄生也是從延華畢業的，所以我認為他可能是沄生的國中同學，但一直找不到可能是他的人。寧之姊妳現在剛好就在延華當代課老師，我可不可以拜託妳……查一下這個人的身分？」

她愕然，「你已經查過這個人了？」

「對，沄生過世後，我就向她的國中同學打聽，並給他們看了照片，但沒有人認得出這個男生的身分。」

「沄生有跟你說過關於這個人的其它事嗎？」

「沒有。」

陸寧之認真凝視少年片刻，語重心長說：「禹恩，我可以體會你的心情，但你是否想過，沄生把照片託付給你，並非是希望你這麼做。」

少年眼神黯然，聲音幾不可聞，「我想過，可是，我真的很想把沄生藏了一生的心意，傳達給這個人知道。我只要想到，沄生在對方心裡可能什麼也沒留下，甚至連沄生過世了，他都不曉得，就覺得很難受，甚至比失去沄生還更令我痛苦。我知道我手邊的線索，可能很難找出這個人，也不想麻煩寧之姊，但我還是想努力一次看看……」

范禹恩彷彿快哭出來的表情，令陸寧之的心一陣抽痛。

考慮半晌後，她答應他的請求：「好，你等等把照片傳給我。就像你說的，目前的線索實在太少，所以我需要這張照片。你放心，我不會對任何人說出照片是誰的。」

范禹恩微紅的雙眼透露出感激，「謝謝寧之姊。」

「別客氣，你應該也沒有告訴沄生的同學，這張照片是哪兒來的吧？」

「嗯，我編了一套說詞，讓他們以為照片是沄生以前的隔壁班同學請她保管的。」

「你知道沄生國中是幾班的嗎？」

「我有問國中三年都跟沄生同班的人，是二班的。」

陸寧之點點頭，口氣肅穆：「禹恩，我答應你會盡力查查看，但我還是必須提醒你，別抱太大期望，要是最後真的沒能找到這個人，你就別再耿耿於懷，我不想你為這件事繼續陷入痛苦，你能不能答應我？」

范禹恩沒有猶豫，立刻應允，「好。」

兩個小時後，陸寧之送少年回家。

車停到家門口時，范禹恩忽而想起什麼，從背包裡拿出三罐水果酒，「寧之姊，我親戚送了一打水果酒給我爸，我記得妳喜歡喝這個牌子，所以有帶一些出來給妳，還好我沒忘記。」

「謝謝你，禹恩，但我暫時無法碰酒精，還是給你爸爸喝吧。」她婉拒。

「妳身體不舒服嗎？」他關心。

「不是，我懷孕了。」她莞爾宣布。

范禹恩圓睜雙眼，沄生過世後，他第一次露出發自內心的笑容。

「恭喜寧之姊！」

「謝謝，這個消息我只先告訴你跟流生哥哥，可以幫我保密嗎？」

「好。」他爽快答應，眼中卻染上一抹落寞。

陸寧之猜到他的心思，「可惜沄生沒能早點知道這個消息，對吧？」

「嗯，沄生知道了一定會很開心，她最喜歡小孩子。」語落，范禹恩忽然意味深長地問一句：「寧之姊，是沄生親口跟妳說，我是她第一個喜歡上的男生嗎？」

「嗯……她是沒有直接那麼說，但就她之前給我的說法，確實就是那個意思。」見他若有所思，陸寧之好奇，「怎麼了嗎？」

「其實我有點不解，沄生為什麼對妳說謊？又為什麼決定把那個人的照片託付給我，而不是妳？妳們認識得比我久，沄生又把妳視為親姊姊，與妳非常親近，像這樣的祕密，我以為比起我，她會更傾向對妳開口。」

少年的疑惑，讓陸寧之停頓了幾秒鐘，最後給出這樣的回應：「我想正因為沄生把我當親姊姊，她才覺得更難啟齒。沄生知道我對她的印象向來很好，也知道我很喜歡你，所以擔心這個祕密會影響我對她的觀感，認為她是個三心二意、用情不專的女生。」

他眼中閃過一絲意外，「是這樣嗎？」

「是呀，你可別小看女人的第六感，沄生或許認為，我可以透過那張照片，一眼看穿她的祕密。倘若我是沄生，也會害怕最親密的姊姊對我失望，而不敢透露給對方知道。」

少年恍然大悟，語氣也多了些許擔憂，「那妳真的會對沄生失望嗎？」

「當然不會，女孩子本來就比較心細敏感，又容易想得多。而且這只是我單方面的臆測，未必代表沄生真的那麼想，說不定她就是認為你才是最值得她託付的對象，所以你其實不必太介意的。」

范禹恩被說服後，眼底的迷惘也漸漸消失。

兩人繼續聊幾分鐘就彼此道別，目送少年進屋不久，她的手機就收到范禹恩傳來的照片。

男孩身上穿的天藍色制服，讓陸寧之的視線停駐許久，直到張流生的名字出現在螢幕裡，她才停止沉思，按下通話鍵。

「寧之，我二阿姨臨時決定今天返美，她想在回去前跟妳吃頓飯，妳有空嗎？」

「我有空，那我現在就開車過去。」

「好，我看天氣變了，應該很快會下雨，妳開車小心，注意安全。」

通話結束，耳邊就傳來斗大雨珠驟落在車窗上的聲音，車外的世界在轉瞬間被滂沱大雨包圍。

陸寧之定定凝視著這片雨幕，不久將手機收進包包，開啟車上的音響，讓宮崎駿動畫的鋼琴樂曲迴盪在車內，驅車前往女孩的家。

『其實我有點不解，沄生為什麼對妳說謊？』

『像這樣的祕密，我以為比起我，她會更傾向對妳開口。』

苦澀的悵然籠罩住陸寧之的心。

想起少年這些話的同時，她的思緒也隨著琴聲墜入一段回憶裡。

◆◆◆

陸寧之在二十歲時結束一段刻骨銘心的戀情，後來經由朋友介紹，她認識了同校的張流生，兩人交往一年後，她認識他溫暖可愛的父母和妹妹，漸漸在這段幸福裡揮別過去的情傷。

二十四歲那年，她跟沄生週末去看電影，在售票大廳遇見一名與男友同行的年輕女子，對方主動來跟她搭話。

女子打量沄生的清冷眼光，讓陸寧之一度渾身緊繃，聊不到幾句，陸寧之就以電影將開演為由，匆匆將沄生帶走。沄生好奇問起，陸寧之心虛表示是以前認識的人，沒有解釋太多。

電影結束後，陸寧之站在影廳外等待去洗手間的沄生，當她從手機抬起頭，赫見剛才的女人站在洗手間門口跟沄生交談。

陸寧之衝到對方面前，驚慌問她：「妳在做什麼？」

「沒做什麼，我們在洗手間遇到，就聊了一下。」女人淡淡睨她一眼，「這個女孩好奇我跟妳的關係，我就告訴她了。全部。」

對方最後強調的那二字，讓陸寧之臉上的血色褪盡。

「曉榕姊，妳為什麼要這樣？」

女人眼神輕蔑，「妳是問我為何要說出來？因為我直到現在仍等不到妳給曉妍的一句道歉，妳對她這般無情，我又何必為妳著想？聽這女孩說，妳跟她的哥哥已經交往三年，他的家人都很喜歡妳，看來妳現在過得很幸福。如果我說出這件事會傷害到妳，那也是妳該承受的，畢竟妳沒有在曉妍最需要妳的時候，對她伸出援手。」

女人說完就走，陸寧之絕望地眼眶含淚，一度沒有勇氣回頭迎上沄生的目光，更不敢去想沄生會怎麼看自己。

然而沄生卻牽起了她的手，對她撒嬌：「寧之姊姊，我肚子餓了，我忽然很想吃妳上次煮的咖哩蛋炒飯，妳今天可不可以也做給我吃？」

沄生若無其事的態度，令她深感意外，忐忑答應後，她們就前往超市採買食材，回到陸寧之的住處。

餐桌上，沄生開心吃著陸寧之做的咖哩蛋炒飯，聊著今日看的電影，從頭到尾沒有問她關於那個女人的事。

用完晚餐，見外頭下起大雨，沄生又接著提出想在這裡過夜的請求，陸寧之也同意了，還幫她打電話到家裡知會一聲。

「謝謝寧之姊姊煮美味的晚飯給我吃，還讓我留宿，我第一次在妳家過夜耶。」

就寢時，躺在她身邊的沄生一臉雀躍，擱在枕邊的手機正在播放宮崎駿動畫的鋼琴音樂，「我習慣在睡前聽一點音樂，如果寧之姊姊覺得吵，我就關掉。」

「沒關係，妳聽吧。」陸寧之搖頭，毫不介意。

她心裡明白，女孩不會沒有理由就忽然提議留宿，但見她依然沒打算開口，陸寧之決定主動，「沄生，妳對我很失望吧？」

沄生眨眨晶亮的眼睛，一臉不解，「我為什麼要對姊姊失望？」

「妳今天不是從那個人口中，聽到我跟她妹妹的事了嗎？」

「喔……我是聽到了，可是我一點都不覺得妳有像那個姊姊說的那麼壞，要是寧之姊姊也願意告訴我妳們發生的事，我會很樂意聽。若妳不想說也沒有關係，反正我對姊姊的想法不會改變，一樣會繼續喜歡妳。我今天會想留在這邊，只是因為感覺寧之姊姊的心情很低落，想要多陪陪妳。」

沄生毫無保留的包容，帶給陸寧之極大的寬慰與安心感，更讓她在這份感動中興起對女孩坦白的念頭，於是最後她真的卸下心防，向她說出一段不堪回首的祕密。

今日在電影院見到的女人叫羅曉榕，她的妹妹羅曉妍，是陸寧之高中時期的好友，陸寧之從前偶爾會去她家念書，讓羅曉榕教兩人功課。

羅曉妍高二時與一位學長交往，學長待人和氣又平易近人，連不擅長跟異性相處的陸寧之都能和他自在相處；由於平時都跟羅曉妍一起行動，她見到學長的機會自然跟著變多，結果就發生最糟糕的事，陸寧之發現自己也對學長動了心。

陸寧之原本選擇將這份心意藏在心裡，一年後卻發現羅曉妍與學長的感情生變。那段時間，學長開始親近陸寧之，不僅經常約她見面，還會每晚打電話跟她說心事，某次送陸寧之回家，學長親吻了她，兩人的事後來被同學發現，也傳進羅曉妍的耳裡。

羅曉妍沒有跑去向陸寧之興師問罪，卻再沒有跟她說過一句話，陸寧之遭到同學的排擠，慘澹地過完高中最後一年，畢業後就沒再跟羅曉妍見面。

大二的春天，陸寧之意外收到羅曉妍捎來給她的訊息，表示想和她見一面。

那時還在跟學長交往的陸寧之，內心仍對羅曉妍充滿愧疚，因此遲遲提不起勇氣答應對方，對羅曉妍後面的訊息也已讀不回。一個星期後，陸寧之沒再收到羅曉妍的訊息，卻收到羅曉榕透過妹妹的手機通知她羅曉妍過世的噩耗。

羅曉榕表示羅曉妍幾個月前與男友分手後，就一度陷入憂鬱，昨晚被發現在旅館服藥輕生。羅曉榕看了妹妹的手機，才知道她這段時間一直有在找陸寧之，強烈譴責陸寧之為何不願給羅曉妍一個回覆？

巨大的罪惡感擊垮陸寧之的身心，讓她只能每天哭泣，而老天就像是鐵了心要懲罰她的懦弱，還沒走出羅曉妍帶來的傷痛，她跟學長的關係也出現無法修復的裂痕，兩人從每天爭吵走向冷戰，最後這段感情就在陸寧之撞見對方劈腿大學學妹，慘烈地畫下句點。

在最絕望的那一段時期，她認識了張流生，過往的傷痛曾讓她一度抗拒對方的接近，然而張流生耐心的陪伴，最終仍打動她千瘡百孔的心，也讓她重拾再愛上一個人的勇氣。

聽完這段故事，沄生沒有半點情緒變化，只是好奇地問她：「哥哥知道這些事嗎？」

「我只讓他知道，因為我的疏失，導致錯失了能夠救我朋友的機會，而我的前男友也在那時候決定離開我，沒有對妳哥哥細述更多內情。」

「為什麼？妳怕哥哥會生氣？但我覺得他不會這樣就討厭妳，因為哥哥是真的非常喜歡妳。」

陸寧之苦澀一笑，「我知道，我也是真的非常喜歡妳哥哥，但也許就是太喜歡，有些事情還是沒勇氣向他坦承，我真的是個不成熟又糟糕的大人，對不對？」

沅生沒有回答，澄澈的瞳眸裡有著她無法辨明的情緒。

「寧之姊姊，妳當初為什麼會喜歡上妳前男友？」

這個問題讓陸寧之思考許久，「……應該是因為，他讓我感覺自己的存在，並非我以為的如此微不足道，他會察覺到一般人不太留意的細節，然後大方給予對方讚美。比方說，他看見我隨身攜帶針線盒，會說我心細；看見我紮馬尾，會說這個髮型讓我看起來神采奕奕，很適合我。在我的成長過程中，很少能聽到別人對我的讚美，當這些小小的肯定一點一滴累積起來，我對他的好感也不知不覺越來越深，明知這麼做是不可以的，我卻還是欺騙不了自己的心，就這麼無法自拔地陷了進去。」

「他是妳的初戀嗎？」

「是呀。」

「那當妳發現自己的初戀，是不能喜歡的人，心裡是什麼感覺？」

「很心酸、很苦澀，很悲傷……」陸寧之抿抿脣，看著女孩說：「比起妳哥，其實我最不想讓沄生妳知道我的這段過去，我很害怕妳會就此討厭我。」

「我不會，我能理解寧之姊姊的心情。」

她瞠目，「妳有喜歡的人了嗎？」

「不是，我有一個朋友，跟寧之姊姊的狀況有點類似，她跟我分享過她的感受，所以我知道妳們的心情是一樣的，不會真的就這樣討厭妳，因為妳也不是故意這麼做的，對不對？」

女孩的溫柔令她感動不已，「謝謝妳，沄生。」

「嘻嘻，姊姊不用道謝啦，都是我擅自跑去找那個姊姊說話，才會害得妳這麼擔心。」沄生眼角彎彎，接著再問，「寧之姊姊，妳現在還會為妳死去的朋友難過嗎？」

「我沒有一天不為她傷心，更沒有一天不後悔當初那樣傷害了她。倘若時光重來，我絕不會重蹈覆轍。」她心中淒迷。

「那，妳要不要把妳真正的心情，說給今天遇到的那個姊姊聽呢？其實今天她在告訴我這些事的時候，表情看起來是哀傷的，所以我覺得她不是在為妳以前做的錯事生氣，而是覺得妳一點都不在乎她的妹妹，才感到難過。我認為那位姊姊會想親耳聽見妳跟她說這些話。」

陸寧之心頭一緊，「妳真的這麼想？」

「嗯，我真的覺得妳跟那個姊姊，都是溫柔的好人，所以我希望妳們能和好，不要再為過去的事傷心難過了。」沄生由衷地說。

陸寧之忍住鼻酸，最後憐愛地摸摸她的頭，「好，我會努力不讓妳失望。沄生，真的謝謝妳願意對我說這些話，更謝謝妳願意接納這樣沒用的寧之姊姊。」

「別這麼說啦，妳願意跟我分享這麼重要的祕密，我更高興，我會幫妳跟哥哥保密的。」她俏皮地眨眨眼睛，「寧之姊姊，妳跟我哥哥一起，幸福嗎？」

「很幸福，遇見妳哥哥，是我這一生中最幸福的事。」陸寧之再度對上她的眼，「沄生，妳真的沒有喜歡的人？」

她搖頭，「從來沒有，等我以後遇到，會第一個跟妳說。」

「真的？」

「嗯，因為我最喜歡寧之姊姊了嘛。」女孩笑容可掬，「如果有一天，我也有個最重要的祕密，只想告訴寧之姊姊，妳願意替我保密嗎？」

她想也不想就回：「當然願意，我保證對誰都不會說。」

沄生一臉開心，「那我們約好了喔。」

那晚她們聊了許久，最後在雨聲和鋼琴音樂聲中進入夢鄉。

幾天後，陸寧之主動約了羅曉榕見面，鄭重為當年的事跟她道歉，也向對方坦白自己的真實心聲，化解兩人多年的心結。

那時羅曉榕也告訴陸寧之一件事，羅曉妍很久以前就知道陸寧之喜歡上學長，即使後來遭到背叛，她也沒有真的恨陸寧之，心裡依舊把她當朋友，讓陸寧之心中激盪，不禁熱淚盈眶。

當羅曉榕最後問到是什麼原因，讓她決定跟她聯絡，陸寧之也坦言不諱，是因為女孩的一席話，才讓她下定決定不再逃避下去。

「那孩子還是國中生吧？她叫什麼名字？」

「她叫沄生，今年十四歲，有時她的想法比我還成熟，也看得比我透徹，讓我很汗顏。」

「那天在電影院，她來向我問妳的事時，我感覺她是真的關心妳，也是真的喜歡妳，她是個好女孩。」羅曉榕的語氣流露出對沄生的欣賞。

陸寧之鼻頭微酸，深感認同，「是啊，我實在比不上她。」

有沄生在背後推一把，陸寧之不僅與羅曉榕冰釋前嫌，也真正走出了過去的陰霾。如果沒有沄生給她的勇氣，她相信自己還是只會故步自封，毫無長進。

沄生的好，不僅會影響身邊的人，還能讓那些人打從心底深深喜愛她，這一點從羅曉榕身上便可看出。沄生告別式那天，羅曉榕不惜暫時推開重要的公事，也要從遙遠的另一座城市趕來參加，待不到半小時就匆匆趕去搭車，只為了親自送女孩最後一程。

對於沄生，陸寧之最難忘懷的回憶之一，是女孩最後一次用清晰的聲音，在她耳邊所說的話。

寧之姊姊，這句話我只跟妳說，我很高興我這輩子是沄生。

正因為身邊的人都知道，沄生和她有多麼親密，很多時候連陸寧之自己都認為，她是沄生最信任的人，再加上她們曾經有過那樣的約定，她便真的相信，等到沄生擁有了心儀對象，會第一個分享給她知道。

所以當范禹恩開口問，為何沄生不是將初戀的事告訴她，她的腦海中其實有一瞬間閃過同樣的疑問。

是啊，為什麼？

為什麼沄生要對她隱瞞這個事實？又為何不是選擇將那張照片託付給她？

但她無法真的將這樣的心聲告訴范禹恩，於是編出那樣的說詞，消弭少年的疑慮，不想讓他在這個時候對沄生有了不必要的懷疑。

只是說不上是什麼原因，這件事令陸寧之莫名在意，雖然她不會真的因為沄生沒有選擇自己這一點而感到失望，但她還是會好奇沄生對她隱瞞的理由是什麼？

明明心裡有著那樣的一個人，為何女孩不願意對她坦白？

「寧之，妳有在聽嗎？」

與二阿姨吃過飯，張流生和陸寧之就送她去機場。回程路上，張流生見陸寧之對他的話毫無反應，喚了她一聲。

陸寧之倏地回神，目光從窗外的雨幕轉回男人眼中，歉然道：「對不起，你說什麼？」

「我說剛剛送二阿姨的時候，我好像聽見她問了妳家地址。」

「喔，對，她說回美國後，會寄一份紙雕作品送給我，感謝我對沄生的照顧。」

二阿姨是位出色的紙雕藝術家，曾經在美國辦過展覽，除了答應送上禮物給陸寧之，她跟陸寧之還互加Line好友，歡迎她跟張流生以後去美國找她。

「那很不錯，二阿姨的紙雕作品非常漂亮，妳一定會喜歡。」張流生的右手從方向盤上移開，摸摸她的臉頰，「怎麼了？有點沒精神，哪裡不舒服嗎？」

「沒有，可能是中餐吃得太飽，有點昏昏欲睡。」她淺淺一笑。

「的確，我也吃太多了，到現在都還沒消化。」張流生吁一口氣，「話說回來，我有點擔心禹恩，要不要去看看他？」

陸寧之停頓，「其實今天上午我有跟禹恩見面。」

「真的？為什麼？」

「因為我也挺擔心他，所以找他一起吃早餐，再帶他去兜兜風。」

「那他還好嗎？」

「看起來挺有精神，他還帶了我喜歡的水果酒給我，說是親戚送的，但我告訴他我已經懷孕，所以不能喝。」

張流生不意外地笑了，「我就想妳也會先透露給禹恩知道，他很吃驚吧？」

「嗯，他很為我高興，感覺很久沒有看到他那樣的笑容，讓人好心疼。」

「禹恩本來就不輕易對沄生以外的人表露內心，既然妳去看過他，我就放心了。」車子在紅燈時停下，張流生看著大雨嘀咕：「這場雨下得真久。」

「就是啊，明明早上還是晴天。」

「但沄生倒是很喜歡這種天氣，大多數的人碰到雨天會變得懶洋洋，或是心情鬱悶，她則是完全相反。」

「對，從前帶她跟禹恩去露營，結果遇到大雨，我們三個都覺得超掃興，只有沄生依舊活力充沛，一路保持愉快的心情，真的很了不起。她是從小就喜歡雨天嗎？」憶起那段快樂過往，陸寧之情不自禁露出懷念的微笑。

「可能吧，我沒問過我二阿姨，不清楚沄生在美國是否也是這樣。」綠燈亮起，他繼續向前行駛，「這又讓我想起一段回憶了。」

「什麼回憶？」

「沄生回到我們家的那年，是我媽每天接送她上下學，有次我媽臨時有事，無法去接沄生，就把這個任務交給我，我卻忘得一乾二淨，回家後發現她們不在，還以為是我媽把沄生帶了出去。我媽回來後沒看見沄生，嚇得叫了出來，我也立刻衝去沄生的學校，結果在附近的一間屋子找到了她，那天也下著雨，氣溫偏涼，沄生就這樣孤零零站在雨中等了我一個多鐘頭，渾身都濕透了。」

「哇，張流生，你真可惡，竟然這樣欺負我們沄生！」儘管是過去的事，陸寧之仍為可憐的女孩心疼不已，忍不住捶打張流生的手臂幾下。

他啼笑皆非，「我也覺得自己超可惡，當我發現沄生沒在校門口，一度擔心她遭到綁架，或是走失了，所以一找到沄生，我整個人如釋重負，還抱著她哭了。」

「你哭了？真的？」

「真的啊，那段時期我忙著準備大考，好幾天都睡眠不足，才不小心把我媽交代的事給忘了。那天找到沄生後，我的壓力跟愧疚一下子釋放，一時沒能控制住情緒，當時的恐懼我至今都還記得很清楚；事後我問沄生，她為什麼不到騎樓下，或是超商內躲雨，她說怕我會找不到她，所以不敢離開學校太遠。」

「原來是這樣，我就覺得奇怪，你會把這麼重要的事忘記，實在不像你的作風，你爸媽鐵定氣壞了吧？」

「是氣壞了，我被我爸媽痛罵一頓。沄生才回到我們身邊不久，我就讓她遭遇到這樣的事，連我都覺得很不應該，為了彌補沄生，後來有一段時間都是我接她回家。我還記得當時因為進入梅雨季，那個月幾乎都在下雨，但也因為有那個月，沄生跟我很快就變得親近，會對我撒嬌，也會鬧脾氣，有了妹妹真正該有的樣子，她長大之後，偶爾也會跟我爸媽繼續拿這件事調侃我。」

言及此，張流生這才後知後覺地納悶問：「這件事沄生沒跟妳提過嗎？」

「沒有，我聽你說才知道。」

「真奇怪，她那麼喜歡跟妳分享我的糗事，怎麼偏偏錯過這個黑歷史？像是她小時候住在美國的事，我其實也以為她會偷偷跟妳說。」

「沄生怎麼可能什麼事都會跟我說？」

「但我確實是這麼想的，我一直以為妳們無話不說，也認為妳是沄生最信賴的人。」

陸寧之默然，不久輕扯他的右耳，開玩笑道：「你這樣說，那我們禹恩的立場該怎麼辦？而且沄生不提你當時的黑歷史，是為了顧及你的面子好嗎？她是怕我知道你太多荒唐的糗事，對你僅存的一點好感會消失，徹底對你失去興趣。」

「啊？妳已經快對我沒興趣了嗎？」張流生故作震驚貌。

兩人笑鬧一陣，被陸寧之刻意轉移焦點後，他們就沒再回到這個話題。

這天過後，陸寧之不得不認清一件事，原來自己真的沒有想像中的那樣了解沄生。

直到女孩離開了，關於她的其他祕密才一一浮上水面。

無論是她八歲前在美國生活、還是初戀另有其人，抑或是她與張流生的這一段回憶……那些旁人認為沄生一定會優先告訴她的重要大事，她全是透過別人才知道。

這讓陸寧之不禁懷疑，沄生是真的信任著她嗎？

她第一次感覺自己和女孩的距離如此遙遠。

✦ ✦ ✦

「寧之姊姊。」

輕柔到宛如來自夢境的呼喚聲，讓陸寧之睜開眼睛。

躺在病床上看著她的沄生，已經沒有再站起來的氣力，連正常說話的能力都逐漸失去；過去紅潤健康的臉蛋，如今變得消瘦蒼白，唯有那雙含笑眼眸依然美麗。

「沄生，妳醒了？」

陸寧之將身子貼近她，讓自己能清楚聽見女孩說話，「抱歉，我進來時發現妳睡得很甜，不忍叫醒妳，等妳醒來前，自己也不小心睡著了。」

「沒關係啦，妳看起來好像很累，是不是妳的學生又惹妳生氣？」

「是啊，現在的國中生真的很難教，一點都不可愛，要是每個學生都像妳一樣乖巧就好了。」她莞爾，「我聽禹恩說妳想找我？」

「嗯，明天起妳有事，沒辦法過來，我怕下次看見姊姊，我已經沒辦法開口說話了，所以想趁今天把想說的話告訴妳。」

聞言，陸寧之不禁心酸，認真點下頭，「好，妳說。」

「請妳以後替我多多陪伴我爸爸媽媽，也替我關心禹恩。還有，妳跟哥哥一定要幸福快樂。」

陸寧之忍住淚意，握住她乾瘦的手，堅定地回：「沒問題，我答應妳，妳還有什麼想告訴我的嗎？」

沄生深深看她，「寧之姊姊，對不起。」

「為什麼要對我說對不起？」

「因為我不小心給妳添了麻煩。」

她失笑，「傻瓜，妳哪有給我添麻煩？沒這回事。」

「如果妳發現我做了錯事，會對我失望嗎？」

陸寧之與女孩對視，認真答覆她：「沄生，以前妳聽到我做過怎樣的錯事，都沒有對我失望，那我的答案當然和妳一樣。不管妳犯了多糟的錯，我絕不對妳失望，我保證。」

女孩淚光閃爍，安心的笑意在臉上綻放。

「謝謝姊姊，我最喜歡妳了。」

「我也最喜歡沄生。」

「寧之姊姊，這句話我只跟妳說，我很高興我這輩子是沄生。」

女孩最後輕輕說出這句，「禹恩就拜託妳了喔。」

校園鐘聲響起，讓陸寧之從漫長的思緒回到現實，才發現午休時間已經結束。

她坐在教師辦公室裡，桌上的手機螢幕畫面，是沄生的初戀對象。

當她看著這張照片，不知不覺就想起了與沄生的那段回憶，心中百感交集。

雖然答應范禹恩調查這個男孩的身分，至今她仍不知從何下手。

事實上，當她聽完范禹恩的話，內心就認定要找出這個人的機會十分渺茫，但如果這麼做，能夠讓失去沄生的這個少年得到振作起來的動力，或許不全然是壞事，只是她也清楚這對少年沒有長久好處，因此決定先接受他的請求，同時不忘讓他有心理準備，避免他往後繼續活在對沄生的這份遺憾裡。

此時肩膀被人輕拍一下，一名笑容可掬的中年女子站在她後方，是教國文的胡老師。

「寧之，妳怎麼臉色凝重的？有煩惱？」

「喔，其實……」陸寧之遲疑地回答，「我想找一位曾經在我們學校念書的學生，但不知道該從何找起。」

省略過內情，簡單說明情況後，陸寧之給對方看了那張照片。

胡老師搖搖頭，「這真的太難了，範圍太廣，線索又太少，從照片上也看不出是哪個年級的二班教室，而且這張照片也未必一定是在二班教室拍攝的，如果能確定對方是妳妹妹的同班同學，或許就會好找得多。」

「就是啊。」陸寧之心情無奈。

那天下班後，張流生開車接她一起去家裡吃飯，見她在副駕駛座上闔眼不動，打趣問：「又被學生欺負了？」

「才不是呢。」陸寧之嘀咕，隨口問他一句：「欸，你國中是讀哪間學校的？」

「我？我讀的是業強國中。」他語帶好奇，「為什麼問這個？難道妳想去我以前的學校教書？」

「不是啦。」

陸寧之被他逗笑，忍不住噗嗤一聲，心裡的沉重卻沒有因此散去多少。

雖然不願見到范禹恩失望的表情，但跟同事絞盡腦汁思考的結果，依舊毫無方向，她也真正動了放棄的念頭，決定這幾天就將結果告訴少年。

隔天中午，胡老師帶著教數學的柯姓男老師來找她，跟她說：「寧之，我剛剛跟柯老師聊到昨天妳說的事，他有點好奇，妳能讓他看看那張照片嗎？」

陸寧之爽快地把手機交給他，柯老師低頭仔細端詳照片不久，笑說：「這不是二班教室，是一年一班的教室，我很確定。」

陸寧之大吃一驚，「請問你是怎麼知道的？」

柯老師指著照片中掛在牆上的白色時鐘，「妳看，這間教室的時鐘是方形的，我們每間教室裡掛的時鐘，基本上都是同款的白色圓形鐘，只有這一間不是。我來這裡教書的第一年，帶的班級就是一年一班，當時有個學生在教室踢球，把牆上的鐘給踢壞了，我自掏腰包買了個新的，但由於找不到一樣的圓形鐘，我就先選了一個方形鐘代替。」

陸寧之定睛觀察照片裡的時鐘，確實是方形鐘沒錯，心跳頓時加速。

「那個方形鐘還在嗎？」

「不在了，那年發生過一場規模挺大的地震，很多教室都有毀損，進行修繕的同時，全校教室的時鐘也一併汰換掉，因此有了新的圓形鐘。」

「這件事我沒印象，應該是很久以前的事情了吧？」胡老師好奇。

「是很久了，今年是我在這裡任教的第十五年，但因為一年一班是我首次帶的班級，加上那場大地震，所以我對那年的事仍然有點印象。」

陸寧之心中納悶，「你的意思是，這個方形鐘只在十五年前出現過？」

「是啊，所以妳手上的這張照片，我確定是十五年前拍下的，照片裡的學生，應該已經二十八歲了。」

陸寧之陷入怔忡。

若將沄生那一屆的前後兩屆都算進去，這張照片的拍攝時間，應該會是三到五年前之間，怎麼可能會是十五年前？而且那個時候沄生明明才三歲，這不合理。

「雖然無法看出照片裡的學生是哪一位，但那一屆的學生照片，我手邊有保存幾張，陸老師想看看嗎？」柯老師親切地說。

「好，謝謝你！」陸寧之立刻答應。

後來柯老師從自己的電腦裡調出十五年前一年一班的十幾張照片，

其中有柯老師跟幾個學生的合照，也有全班的團體照。

當陸寧之的目光一一掃過那些稚嫩面孔，視線最後猛然定格在其中一名皮膚黝黑的男孩臉上，一度懷疑自己看錯了。

「柯老師，你對這位學生有印象嗎？」她問。

順著陸寧之指的位置，柯老師從眼前的團體照中看見站在他附近的某個男孩，搖搖頭，「沒什麼印象耶，怎麼了？莫非妳知道他？」

「對，這個男孩的五官……跟我男友很像，我覺得應該就是他沒錯，而且他今年剛好二十八歲，可是他國中明明不是讀這裡。」

「是嗎？那妳要不要直接向妳男友問問看？也許他以前有在這裡就讀，只是後來轉學了。」

陸寧之聽了柯老師的建議，立刻傳Line問張流生是否在延華國中讀過書，並把那張照片拍下來給他看。

張流生在五分鐘後回應了她，證實那個男孩是他本人。

陸寧之：所以你是在一年級轉學的？

張流生：對，那年我們家遇到超級惡鄰居，我媽不堪其擾，決定搬走，我也因此轉到業強去，過幾年才搬回原來的區域。我在延華待不到三個月，離開後就沒再回去，柯老師不記得我很正常，沒想到他還保存當年的照片，看了真懷念。

陸寧之的腦中一片空白，久久無法思考。

隔天晚上，她在張家留宿，知道張母有失眠的老毛病，過了凌晨一點才會入睡，她便在張流生跟張父都睡著之後，到客廳找張母。

「寧之，妳還沒睡？」坐在沙發上的張母從手機抬頭，陸寧之發現她在看沄生的照片。

「嗯，有點睡不著，想出來跟阿姨聊聊天。」

「好啊。」張母放下手機。

陸寧之到廚房幫兩人沖了無咖啡因的熱茶，茶喝到一半，她跟張母說有樣東西想給她看，就從手機調出那名國中生的背影照，問她能否看出照片中的人。

張母盯著照片，不假思索回：「這是流生呀。」

陸寧之呼吸一滯，「妳看得出來？」

「呵呵，當然，自己的兒子怎麼會認不出來？而且我也記得流生以前在延華念過書，這是那時候拍的吧，妳是從哪裡拿到這照片的？」

「喔，這是沄生以前傳給我的，她想讓我猜猜他是誰，剛才我整理手機的舊照片時，意外找到了這張。」

用乾涸的聲音說出這段話，陸寧之深呼吸，強作鎮定道：「阿姨，其實流生有告訴我，沄生小時候是跟二阿姨在美國生活，我知道這是妳不太願意提及的傷心往事，但如果阿姨已經把我當家人，可不可以跟我分享妳的心事？因為我已經答應沄生，今後會替她好好陪伴妳。」

始終表現得堅強的張母，在談話中淚流滿面，待情緒平復下來，她哽咽向陸寧之談起那段過去。

對於不得不讓沄生去到美國，張母一直滿懷愧疚，但最讓她後悔不已的是，當她逐漸走出憂鬱，開始有能力照顧沄生，卻又不忍心讓二阿姨面對與沄生的離別之苦，所以繼續將女兒留在國外，早知道擁有女兒的時間竟是這般短暫，當年她絕不會讓沄生離開自己的身邊。

「我也覺得很對不起流生。」張母啜泣，頻頻用面紙擦拭眼淚，「以前流生非常期待妹妹的到來，每次產檢都吵著陪我去，還在妹妹出生前就給她取了沄生這個名字，但我卻剝奪他陪伴妹妹的機會，害得他們兄妹分隔兩地這麼多年，我真的很心疼他們，也好幾次都希望是我代替沄生生病。」

陸寧之眼眶含淚，緊牽張母的手，啞聲寬慰：「阿姨，妳別這麼想，沄生跟我說過，她很高興自己這輩子能夠當沄生，這表示她覺得能誕生在這個家是幸福的。雖然相處時光不長，你們仍給了沄生最多的愛，這些沄生都有感受到，不然她不會那樣說，所以請妳別再自責下去，好嗎？」

等到張母停止哭泣，已經過了十分鐘。張母破涕為笑，「謝謝妳，寧之，妳這些話真的給我很大的安慰，也謝謝妳一直這麼疼愛我們沄生。」

「阿姨妳太見外了，我才要謝謝妳。託妳的福，我才知道原來沄生的名字是她哥取的。」

「是啊，流生真的對妹妹很好，沄生在國外的時候，流生每年都會寄生日禮物跟卡片給她。即使難以見到面，他仍一直關心著沄生，沄生回來後也很用心在照顧她，是個好哥哥。」

「真的嗎？但他最近才向我招供，他曾經忘記去接妹妹下課，害得可憐的沄生在雨中等了他一個小時，讓我聽了好生氣。」陸寧之皺緊眉頭，故作不悅貌。

「對，沒錯，那次我也好生氣，但後來流生就沒再犯過一樣的錯了，我看得出他當時也嚇壞了。」

隨著話題變得輕鬆，張母也不再沉溺於悲傷裡，開始能夠笑著談論沄生。

幾天之後，陸寧之收到一份國際包裹，是二阿姨寄來的。

對方寄了幾樣東西給她，一個是被裱框起來的精美紙雕作品，另一個是宮崎駿動畫的鋼琴ＣＤ，還有三本小相簿。二阿姨在附上的卡片寫，這些是沄生從前珍惜的唱片跟相簿，希望陸寧之可以幫女孩繼續保管下去。

陸寧之翻開相簿，發現裡面全是張流生從幼年到青少年時期的照片。看到其中一張，她的心臟重重跳動，目光再也無法移開。

一頭俐落短髮，穿著天藍色國中制服，坐在教室裡上課的張流生，趁著台上老師在寫黑板，回頭對後方鏡頭露出燦爛的笑容，前方牆上的白色方形鐘也出現在照片裡。

那天晚上，陸寧之將包裹內容物的照片，以及感謝的話傳給二阿姨，並表示有幾個問題想詢問對方。當時是美國時間上午九點，二阿姨看見訊息後，主動打了電話給她。

當陸寧之問起鋼琴ＣＤ的由來，二阿姨表示那是張流生多年前寄去美國給沄生的禮物，沄生每晚都會聽著那張ＣＤ入眠，陸寧之對這個答案毫不意外。

「流生的照片，是沄生向家裡要的嗎？」

「不，是我要的，我長年住美國，很少有機會見到流生，所以請他媽媽多寄一點他的照片給我。流生這孩子也很貼心，知道我想看他上學的模樣，就把他爸爸的數位相機帶去學校，讓同學幫他拍照；沄生跟我一樣，也喜歡看她哥哥的照片，後來我就把這些照片交給她保管，直到她回台灣。」

過了一會兒，陸寧之才繼續問下去：「那沄生她以前喜歡雨天嗎？」

「雨天？」似乎也不覺得這問題突兀，二阿姨笑著回：「很少有小朋友會喜歡雨天的吧？以前遇到期待已久的出遊行程，因為天候不佳而取消，沄生都會很不開心，還會氣到哭起來呢。」

陸寧之沒有再問下去，和二阿姨閒聊幾分鐘後，就結束了通話。

雖然不確定沄生後來會喜歡上雨天，是否也是因為張流生，但現在陸寧之只要想到這件事，腦中就會自動浮現一幕畫面：八歲的沄生在雨中等待哥哥來接她，終於等到哥哥後，她被哭泣的哥哥緊緊抱在懷中。

那個時候，沄生心裡想的是什麼？

她對張流生的感情，是從這之後開始，還是之前？

這十幾年來，她一直都是用妹妹之外的眼光，看待自己的哥哥嗎？

『沄生，妳真的沒有喜歡的人？』

『從來沒有，等我以後遇到，會第一個跟妳說。』

那些曾讓陸寧之想不明白的事，在真相揭曉後，也都有了合理的解釋。

沄生會對她隱瞞「真正的」初戀對象，不是因為不信任她，而是因為害怕她真的會發現到什麼，因此無法對她坦言。

或許在沄生心裡，是真的相信陸寧之可以藉著那張照片，發現自己埋藏多年的祕密，才直至最後都沒有將照片託付給最信任的姊姊。

正因為是陸寧之，沄生才更不能說。

『那當妳發現自己的初戀，是不能喜歡的人，心裡是什麼感覺？』

『如果妳發現我做了錯事，會對我失望嗎？』

度過了一個無眠的夜，陸寧之在天亮後聯繫范禹恩。

那天傍晚，她帶少年到速食店吃晚餐，一邊吃著蘋果派，一邊告訴他調查的結果。

「有位老師認出那是一年二班的教室，但就僅止於此，我無法再從中找到更多線索。」陸寧之誠摯看著他的眼睛，「禹恩，我盡力了，很抱歉終究沒能找出那個人。」

彷彿早料到這個結果，少年的臉上沒有意外之色，但眼底的失落，仍洩漏他的真實心情。

他搖搖頭，滿臉過意不去，「沒關係，寧之姊願意答應我這麼任性的要求，我已經很感激了。其實妳可以用訊息告訴我就好，我不想讓妳這樣為我奔波。」

「沒關係，是我自己想見你，因為我有話想當面跟你說。」

少年眼神透露出一抹好奇，安靜等她說下去。

「雖然你認為，沄生對她初戀對象的喜歡，比對你的喜歡還要多。但如果我是沄生，知道你心裡這麼想，我會很難過。沄生之所以選擇你，是因為她就是一心一意地只喜歡你，不是為了遺忘心中的初戀，至今我依然這麼相信。」

她用溫柔而堅定的語氣告訴他，「你答應過我，不會再為這件事陷入痛苦，既然如此，我希望你可以在我面前刪掉那張照片，然後就此放下它，把這件事當作是你跟我的祕密。倘若你真的在乎沄生的心情，就不要再讓這份遺憾影響你們的美好回憶，好嗎？」

范禹恩沉默許久，最後拿出手機將照片從相簿裡刪除，連在Line裡傳給她的也一併刪掉，再給她確認。

「謝謝你，禹恩。」陸寧之微笑，「我還有一件重要的事想拜託你。」

她將手放在自己的腹上，「等我知道寶寶的性別，我會第一個告訴你，屆時請你為他取個好名字，可以嗎？」

范禹恩驚訝地呆住，一副難以置信。

「替寶寶取名字，我嗎？」

「對，我希望是由你幫我孩子取名。對我來說，禹恩你取的名字，就等於是沄生取的，只要是你們兩人選的名字，我跟流生哥哥都會喜歡，你能不能幫我實現這個心願？」

少年臉上的失措漸漸轉為受寵若驚，他緊張地問：「我真的可以嗎？」

「嗯，非你不可。」她眼睛彎彎，「我已經開始期待，將來禹恩你牽著這個孩子，一起來這裡吃蘋果派的那天。」

陸寧之的話，讓少年的眼眶染上淡淡的紅，最後跟著露出了笑容。

『寧之姊姊，對不起。』

『為什麼要對我說對不起？』

『因為我不小心給妳添了麻煩。』

在知道沄生的祕密以前，陸寧之並不完全明白女孩這些話的意思。

但這一刻，她覺得自己終於明白了女孩的心思，包括她後來說的那一句「禹恩就拜託你了」。

或許在她把張流生的照片交給范禹恩的時候，沄生就已經預料到，范禹恩會想找出那個男孩，也料到他會跑去尋求陸寧之的幫忙。

倘若沄生真的都曉得，卻還是決定把照片託付給他，那就只有一個原因，沄生希望陸寧之能夠為她守住這個祕密。

生前沒有勇氣讓陸寧之知道的祕密，女孩最後選擇以這種方式，讓陸寧之自己發現。

想明白了這點，陸寧之便決定替女孩永遠隱瞞，除了是不讓女孩最害怕的事情發生，更是因為女孩多年前對她說的那句話——

『如果有一天，我也有個最重要的祕密，只想告訴寧之姊姊，妳願意替我保密嗎？』

陸寧之相信，這就是沄生最重要的祕密，而女孩也確實已經清楚傳達給她知道。

她多麼想再次親口告訴女孩，她沒有對她失望。

送少年回去後，陸寧之也將車開回家門前。

她沒有下車，繼續留在車上聆聽女孩最喜歡的鋼琴音樂，直到張流生打電話來問她到家了沒。

「嗯，我到家了。」陸寧之深深靠著椅背，「我跟你說，剛剛我告訴禹恩，希望由他來為我們的孩子取名字，你覺得如何？」

「喔？很好啊。」男人態度爽快。

「你真的這麼想？」

「當然，如果是禹恩，不就等於是沄生在為我們的孩子取名字？這很有意義，所以我舉雙手贊成。」張流生語氣含笑。

「流生，我問你一件事。」陸寧之深呼吸，「如果我是沄生，你現在有沒有什麼話想對我說？」

「怎麼了？忽然這麼問。」

「告訴我吧，我想知道你對沄生是怎麼想的，而且我覺得沄生也會想聽聽你的真心話。」

彼端沉默將近一分鐘。

「謝謝妳來當我的妹妹，謝謝妳是沄生，這輩子能當妳的哥哥，我很幸福。」

張流生開口時，話音裡有著無限溫柔與疼愛，「不只這輩子，下輩子妳也要再來到我身邊，繼續當我的家人。」

『寧之姊姊，這句話我只跟妳說，我很高興我這輩子是沄生。』

淚水模糊了視線，陸寧之潸然淚下，哭得不能自已。

她知道，她心裡的沄生，已經聽見了男孩的回應。

epilogue

後記

不知道大家想到初戀，第一個感受會是什麼呢？是遺憾、是悲傷、是甜蜜，還是氣得牙癢癢？（笑）

我首先想到的是第一次心動、第一次心焦，以及第一次的心痛，於是我以這樣的心情為主題，寫出了這三篇故事。

接觸過許多跟初戀題材相關的作品，也聽過現實中發生的例子，看到第一次愛上的初戀情人，在遙遠的多年後重新相遇，並再次相愛，我都會覺得這是不可思議的奇蹟，可遇不可求。

正因為這樣的故事太難得，比起與初戀對象走到最後的幸福故事，帶有遺憾的情節，其實更容易觸動我，因此這三篇故事，我都沒有寫出圓滿的幸福結局，但這不表示這樣的結局就是不幸的，對吧？

寫了一篇又一篇的愛情故事，陪著年輕角色們經歷生命中的每一個錯過，我彷彿都能從中看見自己在青春時期未竟的遺憾，倘若這次的三篇故事，也能帶給大家相同的感受，我會很高興的。

看到這一次的書名，相信很多人會想到之前紅極一時的日劇《初戀》吧？

事實上，我在寫這部小說的時候，幾乎是反覆重聽〈First Love〉這首歌，不得不說這首歌真是回憶殺，很輕易就能帶著我重溫青春的苦澀與甜蜜。

不知道你們喜歡哪一篇故事呢？我很期待大家讀完這本書後，也來跟我分享你們的初戀故事。

在此謝謝總編輯槵甄，謝謝時報出版，謝謝Ooi Choon Liang老師為這些故事繪製出這麼美麗的封面。

更謝謝買下這本書的你們，還有一直以來支持我的小平凡。

希望這本小說，能夠帶你們重溫初戀的悸動。

晨羽

STORY 65

初戀

作者　晨羽
責任編輯　龔橞甄
美術設計　王瓊瑤

總編輯　龔橞甄
董事長　趙政岷
出版者　時報文化出版企業股份有限公司
一〇八〇一九　臺北市和平西路三段二四〇號四樓
發行專線　(〇二)二三〇六六八四二
讀者服務專線　〇八〇〇二三一七〇五
(〇二)二三〇六六八四二
讀者服務傳真　(〇二)二三〇四六八五八
郵撥　一九三四四七二四　時報文化出版公司
信箱　一〇八九九　臺北華江橋郵局第99信箱

時報悅讀網　www.readingtimes.com.tw
法律顧問　理律法律事務所 陳長文律師、李念祖律師
印刷　勁達印刷有限公司
初版一刷　二〇二三年六月三十日
定價　新台幣三五〇元
(缺頁或破損的書，請寄回更換)

時報文化出版公司成立於一九七五年，
並於一九九九年股票上櫃公開發行，於二〇〇八年脫離中時集團非屬旺中，
以「尊重智慧與創意的文化事業」為信念。

初戀 / 晨羽著 . -- 初版 . -- 臺北市 : 時報文化出版企業股份有限公司 , 2023.06

面；　公分 . -- (Story ; 65)

ISBN 978-626-353-900-6(平裝)

863.57　　112007786

ISBN978-626-353-900-6
Printed in Taiwan